降るがいい

佐々木譲

河出書房新社

目次

カバー・本文写真＝佐々木譲
ブックデザイン＝高柳雅人

降るがいい

降るがいい

初雪が降ったのは、十二月の初めだ。

それからまだ一カ月もたっていない。四週間弱だ。

なのにこのあいだ積もった雪は、一度も解けることなく、そのまま根雪となったのだ。

街はその後も連日降り続く雪で、すっかり白く厚く覆われた。

きょうも朝からずっと雪だ。

軽く、ほとんど質量を感じさせない、乾いた雪だった。

加藤孝志は、ビルの庇《ひさし》の下で腕時計を見た。午後の八時をまわっている。さっき発信してからもう三十分たった。

ポケットから携帯電話を取り出して、ディスプレイを確認したが、やはり着信はない。

無視されているのだ。いや、たぶん着信拒否なのだ。

着信拒否設定されたのは、昨日のあのメールをもらったあとだ。

あのメールの中身で、おれがどれほど怒るか、相手は承知していた。だからメールを送ったあとに、すぐに拒否設定にした。

それはつまり、もうおれとは二度と電話もメールも、やりとりしたくはないということだ。

だから、さっき電話したときには、ツー、ツー、という話し中の音が返った。

さすがに、「この番号ではおつなぎできません」というメッセージを返す設定にはしなかったのだ。それではおれが完全に切れるとでも、心配したのだろう。

孝志は小さくため息をついて、携帯電話をポケットに戻した。ため息は零下八度の大気に散った。

今夜はまだまだ、冷え込みもきつくなるという予報だ。


孝志は、もう一度真正面のビルを見上げた。すでにそのビルの窓明かりはすべて消えている。御用納めの金曜日だ。誰も残業などしたくない。

たぶんこのビルで働くすべての者が、きょうの午後六時過ぎにはオフィスを出たはず。五分前に、もしやと思って自分がここまでやってきたのは、無駄足だった。

となると、と孝志は庇の下で、降り積む雪を見つめながら思った。相手は同僚とか友人たちと一緒に食事に行ったか、あるいは軽くお酒を飲みに行ったという可能性だ。

その日で一年の仕事が終わったとなれば、自分だって小さなご褒美《ほうび》を自分に与えたくなる。おいしい食事か、お酒を口にしたくなる。

自宅に帰る前に、レストランか酒場に寄る。

仕事を通じて知り合ってから五年になる。相手の行動は多少予想がつく。相手が気に入っている店、よく行っているという店の名もいくつか知っている。

孝志はそのひとつひとつを思い出して、頭の中でリストを作ってみた。

イタリアンのレストランが一軒。地中海料理のお店が一軒。どちらもネット上では大好評の店らしい。よく旅行雑誌やグルメ雑誌などにも紹介されているという。

酒場なら、あの有名なワイン・バーだろうか。小洒落た和食の店の名を聞いたこともある。どれも、みなそこそこ客単価の高い店のはずだ。

このうち、場所を知っているのは二軒だけだった。イタリアンの店とワイン・バー。

さいわいなことに、どちらも繁華街の北寄りにある。ここから店まで、せいぜい十分以内で行ける。知らないあとの二軒については、検索して、場所を確認すればよいだろう。

もちろん今夜、相手が、孝志のまったく知らない店に行くこともありうる。もし今夜、忘年会のような集まりがあるのだとしたら、むしろ行きつけの店には行かない。

つまりは、と孝志はもう一度ため息をつきながら思った。夜の街を探しまわったところで、見つけ出すのは難しいか。

地方都市とはいえこの街は、繁華街も飲食業の規模も、そこそこのものだ。

ピンポイントで行きつけの店を直接訪ねてみたところで、遭遇できる確率はどの程度のものだ？

いや、と、孝志はまた首を振った。

だからといって、何もしないわけにはゆかない。きょうは御用納めの日。事実上の一年が終わる日だ。たいがいのことを、終わらせてしまうべき日だった。

たとえ望みは薄くても、やっておくしかない。試してみるしかない。一縷《いちる》の望みに、すがってみるしかないのだ。

孝志はもう一度空を見上げた。雪の密度がまた少し濃くなっている。自分がポタージュ・スープの中にいるような錯覚さえ感じる。

場所がわかっている店は二軒。まずはこの二軒を近い順に訪ねてみよう。もし自分に運があるなら、一軒目で相手に遭遇できるだろう。

二軒目でも見つからなければ、あとの二軒の場所を確認する。

遭遇できる確率の順序など計算できるものではないのだし、相手の勤め先に近いところから順に行ってみるしかない。

まずはイタリアンのレストランだ。

電話してみるか、と思った。訪ねる前にまず確認の電話。そちらにお客さまで誰それさんは伺っていないでしょうか。

いや、店に電話をかければ、居留守を使われるかもしれない。

自分が名乗れば、相手は店の従業員に、いまお帰りになりました、と言わせることはできるのだ。

常連客のために、店はそのくらいの便宜ははかるだろう。

うっかり電話に出ることになってしまったとしても、すぐに逃げ出せばいい。

電話はその余裕を相手に与えてしまうことになる。

行こう、と孝志は雪の中に踏み出した。

顔に雪が降りかかってくる。傘は持っていない。降りかかっても構わずに歩くだけだ。濡れるような雪ではない。その店までここからは、途中で公園を抜けておよそ三百メートルほどか。

公園を抜け、さらに路面電車の通る街路を横切った。

この雪だと言うのに、繁華街にはけっこうひと通りがあった。通行人たちの顔はおおむね屈託なく、明るく見えた。一年が終わる解放感のせいだろう。

それに引き替え自分は、と孝志は自分の顔を意識した。さぞかし暗く惨《みじ》めったらしいにちがいない。

通行人も目を合わせたくはない暗い影、それが今夜の自分だ。


その店は、中通りに入ってからさらに路地を少し進んだ場所にあった。

かなりわかりにくい店だ。でも孝志は、なんとか迷わずに、その店の木製のドアの前まで、たどりつくことができた。

そのドアを手前に引くと、中は小さな風除室となっていた。雪の日にやってきた客が、コートから雪を払うための空間。左側に内ドアがある。孝志は、自分の帽子とコートの肩から雪を払った。

内ドアのノブに手をかけ、呼吸を整えた。相手がいて、もし驚きの視線を向けてきたなら、そう、あなたに用事だ、と目で伝えてやる。けっして偶然ではないと。

もし相手の目に、なぜこんなところまで追いかけてくると、非難の色でもあった場合は、近づいていってその訳を話すまでだ。とうに相手は承知しているにちがいないが。

ドアを手前に引いて、中に入った。

さほど大きな店ではなかった。目の前にカウンター。鉤《かぎ》型に曲がっている。右手にはテーブル席が並んでいた。

カウンターには十人ほどの客が着いている。見える範囲では、五つほどのテーブルもすべて埋まっていた。

黒いシャツを着た若い女性が、微笑して近づいてきた。

「ご予約のお客さまでしたか？」

「いいえ」孝志は首を振ってから、ひとつ名前を出し、勤め先の名もつけ加えて訊いた。「来ていますか？」

「ああ」と、ウエイトレスはすぐにそれが誰かわかったようだ。「いいえ、きょうはお見えになっておりません」

「予約もないですか？」

「ええ。お約束でした？」

「いいや、ちがうんです」

ウエイトレスは嘘を言っているようには見えなかった。

孝志は引き下がることにした。

「はい、それなら」

うなずいて愛想笑いを見せ、孝志は店を出た。

空振りだったが、なにもしないよりはましだったろう。

次はワイン・バーに行く。

入ってきたときとは反対側に路地を抜けた。

この路地を南側に出るのが近道だった。

暗い路地の先の通りは明るい。降る雪が光ってみえた。

孝志はその通りへと出ると左手に曲がった。


街のもっとも大きな通りへと出て、南へと折れた。

この雪だというのに、空を見上げてはしゃいでいる十人ばかりの男女のグループがある。南国からの旅行客なのかもしれない。

歓楽街に入る一本手前の中通りを、左手に折れた。

そのバーはたしかこの通りにあったはずだ。酒場やレストランばかり入居したビルの、何階かにあると聞いていた。

歩きながら、建物から突き出した看板を見ていって、そのバーの名を見つけた。ビルの四階にある。

エレベーターでその階に下りると、廊下の左手に、重厚そうな木製のドアがあった。その脇に、ビルの表の看板と同じロゴタイプ。

孝志は、少し気おくれを感じながらも、そのドアを手前に引いた。中は、タバコの匂いがまじった空気だ。

いらっしゃいませと、男の声が聞こえた。

一歩中に入った。店内は全体に照明は暗めで、カウンターは左手に延びている。スツールに腰かけているのは、六、七人か。

カウンターの中には、ベスト姿のバーテンダーがふたり。

カウンターの奥近くで、こちらに顔を向けてきた男がいた。彼だ。

孝志よりひとまわり歳上。五十を少し過ぎたあたりの年齢。このようなバーの客としてふさわしいスーツ姿だった。

目が合うと、彼の顔に戸まどいが浮かんだ。孝志は彼から視線をそらさずに、彼のほうへと向かった。

若いほうのバーテンダーが、こちらへ、と言いかけて、語尾を呑み込んだ。

彼の右手のスツールが空いている。でもそこに腰掛けるつもりはなかった。話は三分で済む。

孝志は彼の斜め後ろに立った。彼は迷惑そうにいったん目をそらした。

孝志は言った。

「何度も電話したんですが」

相手は首をひねってきた。露骨に孝志を敬遠している。

「メール、見たろう？」

「ええ、それで何度も電話していたんです。どういうことなんです？」

「だから、事情が変わったんだ。なかったことにしてくれと、そう送ったよ」

相手の連れの女が、怪訝《けげん》そうな目を向けてくる。若いバーテンダーも、おしぼりを手にして当惑顔だ。

孝志は男に言った。

「年明けから働いてくれと、牧田さんはぼくに、はっきりそう言いましたよ。もう決まったからと」

牧田は小さくため息をついて言った。

「おれにも、どうしようもないことはある」

「牧田さんの言葉を信じて、ぼくはもう一件のお誘いを断ったんです。年明けからの再就職が決まったからと」

「そっちのことは、知らない」

「仕事が決まらないままで、年は越せません」

「おれに言われても」

「牧田さんが採用を決めてくれたんです」

「だから、事情が変わったんだって」

「あれは、そんなに軽い言葉だったんですか?」

バーテンダーが、さすがに険悪な雰囲気を察したか、割って入ろうとした。

「お客さま」

孝志はバーテンダーに小さくうなずいてから、もういちど牧田に言った。

「もう絶対に無理なんですか?」

「もう一件に就職したらいいじゃないか」

「手遅れです。あちらもひとを決めてしまっています。ぼくは牧田さんのところで働ける、と信じたから、年明けまで待つつもりでいたんです」

もうひとつ事情がある。自分は来年早々に、四十歳の大台に乗る。その年齢では、職探しがいっそう厳しいものになる。だからなんとか、今年じゅうの再就職を切望したのだ。

でも孝志は、それは口にしなかった。

「お客さま」と、またバーテンダーが言う。「ほかのお客さまもいらっしゃいますので」

孝志は牧田を見据えて訊いた。

「採用、絶対に駄目ですか?」

牧田は、言葉を口にする労力も惜しいという表情で首を振った。

「お客さま」バーテンダーの口調が厳しいものになった。限界だろう。

孝志はくるりと牧田に背を向けると、ドアへと向かった。カウンターについていたほかの客たちが、孝志の背に視線を向けてきたのがわかった。

店を出てエレベーターで一階へと降りた。

ロビーに出たときに、携帯電話が震えた。

まさか?

取り出してみると、妻のひとみからだった。「はあい」と、孝志はつとめて陽気そうな調子で応えた。

「どうだった?」と、ひとみが訊いた。案じるような声。

「ああ」言葉の用意がなかった。一瞬だけ、適切な応えかたに迷った。孝志は言った。「いままた、会っていたんだ。年明けに出社したところで、細かな待遇なんかの話をするそうだ」

「無理をしないでね」とひとみは言った。「安心して年を越したいと言ったのは、ただの願望ってだけだから」

「わかってる。大丈夫。いまから帰るよ」

「雪、ひどくなってるでしょ？」

「すごい降りだな。連日だけど」

「気をつけて帰ってきて。子供たちも待ってるんだから」

「ああ」

通話を終え、携帯電話をポケットに収めた。いまのやりとりを反芻《はんすう》してみて、ひとみは自分が言ったことに反応していないと気づいた。

ほんとう?という確認も、よかった、という安堵の言葉もなかった。

無理をしないで。

妻はおれに、無理な答えかたをしなくてもいい、と言ったのだろうか。

首尾がどうであったのか、自分はわかっている、と言ったのか?

どちらの意味だったのかわからないままに、孝志は歩道に歩み出た。

雪の中へ。濃密に、湧くように降り続く、雪の中へ。

顔を上げてみた。雪が顔に降りかかってくる。目のまわりで、雪がたちまち解けてゆくのがわかった。

降るがいい、と孝志は雪の空を見上げて思った。

いくらでも降るがいい。この街を埋めつくし、時間を凍結させるほどに。おれを霧氷にするほどに。
おれの胸を凍裂させるほどにも、冷えるがいい。降るがいい。降り続けばいい。

迷い街

目が合うと、その男性はまっすぐにわたしのテーブルに向かってきた。歳のころ七十ぐらいか。銀髪の老人だった。

昨日の朝も、このレストランで見ている。ひとり旅らしい。ゆったりとしたチノパンツに、木綿のシャツ姿だ。使い込まれた、帆布のバッグを手にしている。

老人はわたしの前に立って訊いた。

「日本の方ですか？」

わたしは彼を見上げて答えた。

「ええ」

「もし、その、お邪魔でなければ、ご一緒させていただけませんか」

わたしもひとり旅だ。テーブルの向かい側は空いている。

老人は、迷惑だったり不愉快になりそうな人物とは見えなかった。

わたし自身、外国を旅行していて、無性に日本語をしゃべりたくなるときがある。レストランで見ず知らずのひとから話しかけられたのも、それが初めてではなかった。

「かまいませんよ」とわたしは言った。「昨日もいらしていましたね」

「おとつい着いたのです」

「おひとりで？」

「この歳でひとり旅です。よかった。ありがとうございます」

老人は安堵の笑みを見せてから、バッグをテーブルの上に置き、ビュッフェ形式の朝食を取りにいった。


いまこのホテルの五階にあるレストランの西側の窓からは、河ごしに街の中心部が見渡せる。オレンジ色の瓦屋根。巨大な円蓋。いくつもの塔。

ここはもともとは古代ローマ人たちが築いた街だ。

ルネサンスの時期に最大の繁栄があった。

街の中心部には、その時代に建てられた石造りの建築物が集中している。

大半の見どころは、半径二百から三百メートルの範囲に集まっていた。観光客も歩きやすい。

ただし細い街路は不規則に曲がりながらつながっている。初めて来たとき、わたしは道に迷い、同行した友人たちとの待ち合わせに、三十分遅れた。


トレイを持って戻ってきた老人は、食べ始める前に名刺を渡してくれた。

吉川冬樹
と印刷されている。勤め先も肩書も、書かれてはいなかった。

住所は神奈川県だ。

「仕事をすっかり辞めて五年になります」と吉川という老人は言った。「年金生活者です」

わたしも名乗った。

とあるアパレルメーカー勤務で、出張旅行中であること。

この街には、このところ年に一回は仕事で来ていること。

きょうの夕方で仕事は終わり、明日帰国する予定であること。

吉川さんは言った。

「それでは、この街にはそうとうにお詳しいのでしょうね」

「小さな街ですからね」とわたしは謙遜することなく言った。「中心部は、だいたいわかるようになりました」

「わたしは、今回が三回目です。初めて来たのが二年前。スケッチ旅行の団体ツアーに入って来たんです。そのときと去年は女房も一緒でした」

「最初で、すっかりこの街がお好きになったんですね？」

「そうなんです。最初のときに、ある庭を見てしまったもので」

「庭？」

「ええ。建物の中庭なんですが、夢を見ているかと思えるように、きれいな庭でした」

美しい中庭が有名な建物というと、どこだろう、とわたしは考えた。

この街でもっとも有力だったあの一族の、屋敷のことだろうか。

吉川さんは、自分の帆布のバッグから、小さめのサイズのスケッチブックを取り出した。

開いたページに、水彩画が描かれている。

かなり達者な水彩画だ。

描かれているのは、回廊のある中庭だった。

回廊には列柱が立っている。日本ふうの感覚で言うなら、四間四方ぐらいの広さだろうか。さほど大きくはない。

中庭の中心には、大理石の彫像が立っている。台座の上にあるのは女性像だ。

隅にはいくつか、鉢植えのプランツ。

全体に淡いシェンナ色の絵だった。

「あとで思い出して描いてみたものです」

「どこの中庭なんですか？」

吉川さんは哀しげな表情となって首を振った。

「それが、わからないんです。去年またやってきたときも、はじめはすぐに行き着けるつもりでいたんです。

でも見つからなくて、三日目からむきになって探しました。

けっきょく一週間探し続けても、見つからない。場所がわからない。建物がわからないんです。

三回目の今年も、昨日一日歩きまわりましたが、どうしてもその場所に行けないんです」

「観光ガイドには出ていないのですか？」

「目につくもの全部を読んでみましたが、これだというものはありませんでした」

わたしは、そのスケッチを手元に引き寄せて見つめながら訊いた。

「最初は、どのようにして行ったんです？」

「ツアーの夕食のあと、自由行動のときなんです」

吉川さんは話し始めた。

その日は、バスでトスカーナの郊外をスケッチする日程だったという。街に戻ってきたのが、午後の五時過ぎ。それから夕食をホテル近くのレストランで取った。

解散が八時をまわったころで、あとは自由行動ということになった。吉川さんは奥さんと一緒に、街を歩いた。空はもちろん完全に暗くなっていた。

小一時間も歩き、吉川さんたち夫婦は、裏通りに目についたレストランで、休むことにした。いや、レストランというよりは、トラットリアと呼ばれる少し大衆的なお店だった。

オープンテラスに着いて、それぞれが赤ワインを一杯ずつ注文した。

飲んでいる途中で、吉川さんはウエイターに英語で洗面所の場所を訊いた。

ウエイターは、店の奥、右手にあるドアだという。

吉川さんは、その奥のドアへと向かった。

開けると、そこは細い廊下のような空間だった。

ドアが三つあったが、どのドアが男性用の洗面所なのかわからなかった。

少し考えてから、吉川さんは廊下の突き当たりにあるドアを開けた。

中庭だった。すぐに閉めようとしたが、中庭は、柔らかなシェンナ色の光で満たされている。

影のできた壁面や石畳が絵心を誘う美しさだった。

吉川さんは一歩踏み出し、その中庭を眺め渡した。

ここを描きたいと思い、どんな構図にすべきかを考えながら、視線をめぐらした。たぶん一分以上、あるいは二分ぐらいも、吉川さんはその場に立っていたという。回廊の奥にひとり男が現れて、吉川さんに目を向けた。とがめられるかもしれない。

吉川さんはいま出てきたドアを開けて廊下に戻り、あらためて洗面所のドアを探した。

吉川さんは締めくくった。

「この街に来たのは初めてだったので、まだその旅行中に、同じ程度に美しい庭には、また遭遇できるだろうと思っていたんです。

でも、あれほどの中庭には二度と出会えなかった。

もう一度あの中庭を見たいと、去年も来て、ずいぶん街を歩き回った。このあたりだと思うレストランとかトラットリアを、二十軒ぐらいのぞいて見たでしょう」

わたしは訊いた。

「その中庭に通じるドアは、緑色ではありませんでしたか？」

「いいえ。どうしてです？」

「いえ、なんとなく」

わたしはふと、イギリスのファンタジーを思い出して言ったのだった。

でもそれを口にしたら、吉川さんはわたしが真剣に受け取っていないと感じたかもしれない。言うのはやめておいた。

「それで」と吉川さんは続けた。「あなたはこの街にお詳しいんじゃないかと思ったから、こうしてお話しさせていただいたんですが」

「そのトラットリアのおおよその場所は、わかっているんですね？」

「それが、去年はわかっていたつもりでした。あの宮殿のある広場の北側あたりだと。でも去年また女房と来て、一緒に記憶をたどりながら、路地のひとつひとつを、丹念に歩いてみたんです。

でも見つからなかった。べつのエリアだったかと、いまは自信をなくしています」

「その二十軒のトラットリア、全部の洗面所にも行ってみたのですか？」

「ええ。馬鹿げた執着かもしれませんが」

吉川さんは、スケッチブックの別のページを開いた。

ガイドブックをコピーしたらしい地図が挟まっていた。この街の中心部のものだ。

十数軒のレストランの名前の上には、二本線が引かれている。またべつにいくつもの書き込みがあった。

「入ってみた店です」と吉川さんは言った。「ガイドブックに出ていない小さな店にも入ってみました。もちろん毎日何度も食べてはいられません。大半のところでは、ドリンクだけにして」

「でも中庭はなかったんですね？」

「三つ、ありました。でもどれも違いました。まるで違う中庭でした」

わたしは地図に目をやってから言った。

「範囲を、少し広げたほうがいいのでしょうね。それだけ入ってみても見つからないなら」

「裏手にきれいな中庭のあるレストランのことなど、ご存知ありませんか？」

思い当たらなかった。

でも、この街になら素敵な中庭のある建物は無数にある。レストランが、奥の中庭をあえて売り物にする必要もないのだ。

また吉川さんの記憶が、印象を増幅させているのかもしれない。

すでに吉川さんは、その庭に行き当たっていないとも限らない。


いや、と思い直した。吉川さんは観察眼とデッサン力があるひとだ。記憶で描いたスケッチにせよ、なかったものは描かれてはいないだろう。

とくに目印となるのはこの彫像だ。吉川さんは、この彫像を見ればそこだと確認できるはずだ。

また吉川さんは、絵を趣味としてきたひとだ。

建築や風景の美しさについても、ひと並以上の感覚を持っているはず。ありきたりの庭に、それほど執着するはずもない。

この中庭を、自分でも見てみたい。

わたしは吉川さんに提案した。

「昼間は仕事があるんですが、よかったら夜に、一緒に歩いてみましょうか。もしこれはという外観のレストランがあれば、入って食事も」

吉川さんの頬が輝いた。

「いいんですか!」

「夜七時からでよければ」

「かまいません。わたしもそれまでに、ひとりで探しておきます」

わたしたちは待ち合わせの場所を決め、朝食を終えた。


その日、待ち合わせの大きな大理石の野外彫刻の下に行くと、吉川さんがすぐにわたしを見つけて近寄ってきた。散策用の帽子をかぶり、肩にあのショルダーバッグを斜めがけしている。

「昼間、少し範囲を広げて歩いてみました」

「見つかりました？」

「もしかしたらここだったかも、という路地がありました。そこに一軒、トラットリアがありましたよ。まだ入っていません。よかったら、そこへまっすぐ行きませんか？」

それは吉川さんが去年集中的に歩いたエリアに隣接する一角だ。

行ってみると、その店は奥まったごく小さな広場に面していた。店の前にテーブルが三脚出ている。

吉川さんは言った。外の印象は違うが窓ごしに見る店内の雰囲気は似ていると。

わたしたちはその店に入り、それぞれ赤ワインとパスタを注文した。

赤ワインをひと口飲んだところで、吉川さんは奥を見てくると立ち上がった。期待半分、緊張半分という顔だった。

吉川さんはウエイターにひとこと訊ね、ウエイターは店の奥のドアを指さした。

ドアの奥に消えてほどなく、吉川さんが姿を見せた。落胆した顔で首を振ってくる。

「中庭がありませんでした」と吉川さんは、椅子に腰を下ろして言った。

わたしは言った。

「食事を終えたら、このまわりの通りを一本ずつ見てみましょう。昼と夜では、すっかり雰囲気が変わるところも多いんです」

吉川さんは同意してくれた。

わたしたちは同じようにして、もう一軒の目立たぬ場所にあるレストランに入った。さらにまた一軒、路地の奥に小さなトラットリアを見つけて、そこにも入った。

自分でも、それほど路地が複雑に入り組んでいるとは思っていなかった場所だ。

でも、そのトラットリアも、探していた店ではなかった。吉川さんが奥に行ってみると、裏手に通じるドアはあったが、中庭ではなく路地に出たという。

「もうあきらめたほうがいいんでしょうね」と、吉川さんは首を振りながら言った。

その店では、わたしも洗面所を借りた。

たしかに洗面所へ行く通路の先に、木製の茶色のドアがあった。開けてみると、そこは幅二メートルもない路地だ。

右手が行き止まりで、左手方向にカーブするように延びている。曲がった先で、いくらか大きな通りに通じているらしい。

夜だったから、向かい側の建物のいくつかの窓には明かりが灯っていた。

正面の窓の中に、いくつか人形らしきものが見えた。わたしは窓のそばに立って、中をのぞきこんだ。

人形の工房だった。長髪の青年が、何か可塑剤を使って人形の頭部を作っているところだ。

テーブルの上にはいくつもの工具。その周囲の棚には造りかけの人形たち。棚に数十体の完成した人形が並んでいる。

すでに服を着せられたものもあった。

顔はみな、同じように見える。顎が細く、黒目勝ちの大きな目の少女の人形だ。

光沢のある、無機質な可塑剤でできているはずなのに、人形はどれも、どことなくなまめかしさを感じさせた。

青年がわたしの視線に気づいたのか、顔を上げてこちらを見てきた。どきりとした。人形の顔によく似ていたのだ。彼は自画像を描くように、人形の顔を作っていたのかもしれない。

わたしは黙礼して窓から離れ、トラットリアに戻るドアに手をかけた。


席に戻ると、吉川さんが言った。

「あきらめます。女房にも言われたんです。そこ以外にも世界には、絵に描きたくなる場所はいくらでもある。そこを探すために時間を費やすよりは、もっと世界をたくさん見たほうがいいじゃないかってね。

正直言うと、記憶にも自信がなくなっています。見たものを歪めて覚えてしまったのかもしれない。だからもうこれで、あの中庭探しは終わりにしますよ」

わたしたちは、そこで探索を終えたのだった。この夜、三軒のお店で合計で五杯、ワインを飲んだから、わたしは少し酔っていたのだと思う。

それから四年たつ。相変わらずわたしは毎年、仕事で一回はこの街に来ている。そうして来るたびに、あの人形工房のあった路地を探している。

でも、まだ見つかっていない。路地に通じるドアのあった、あのトラットリアもだ。

あの日一回だけ、わたしはそこに行き着いて、いまだそこを再訪できずにいる。

吉川さんは、三年目で探索をあきらめたけれど、たぶんわたしはもう少しあの工房を、もっと言えば人形職人のあの青年を、探し続けるだろう。

もう何年か、わたしには、自分の見たものが幻だったのかどうか、確かめてみるだけの余裕はあるから。いや、あれが見間違いや記憶違いではない、という確信もあるから。

不在の百合

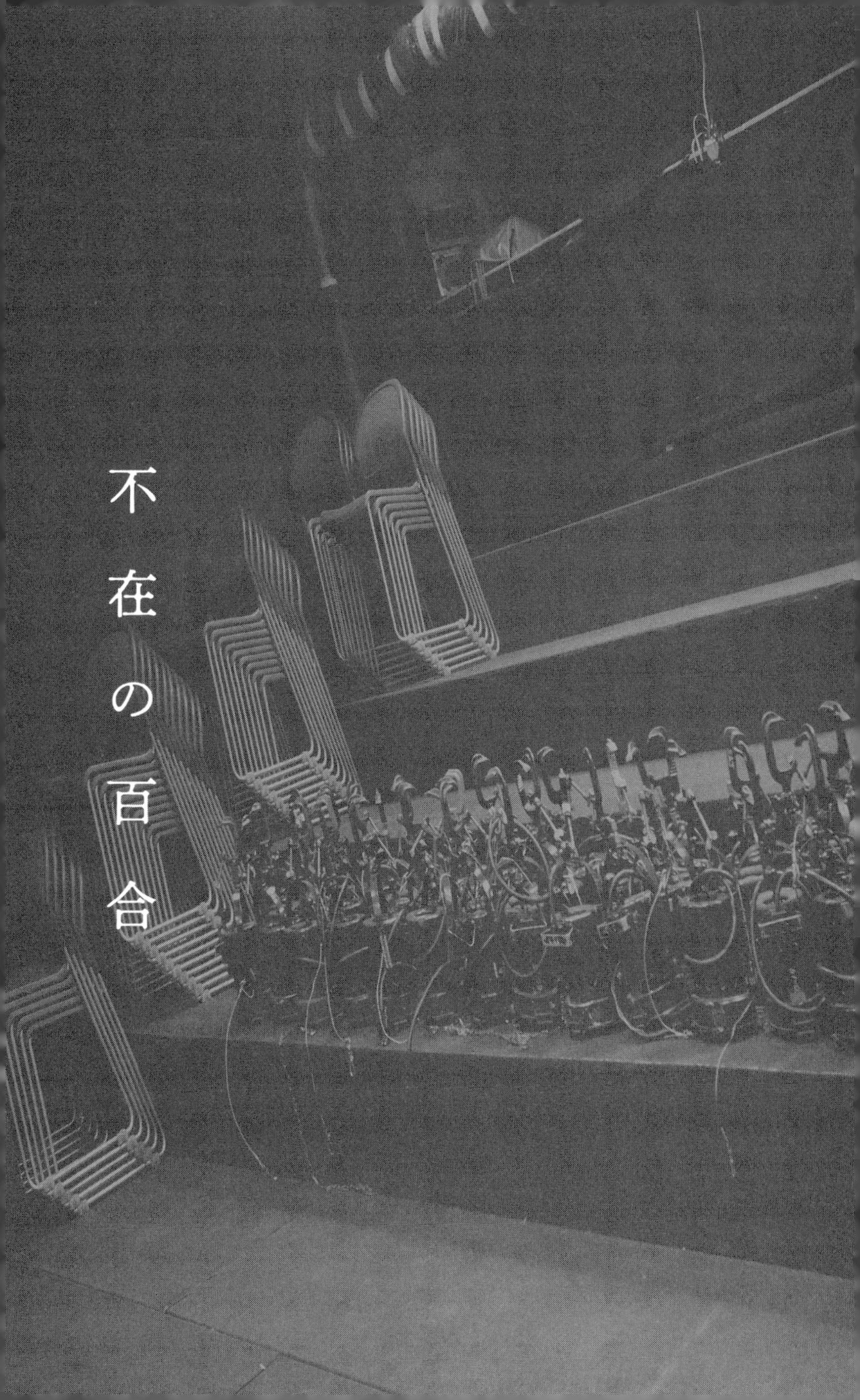

新宿三丁目にあるその小さな劇場に着いたのは、午後の一時過ぎだ。

劇場は、明治通りに面した目立たぬ古いビルの地下にある。

入り口に降りてゆく階段の脇に掲示板があって、そこにはすでにきょうの事態を伝える案内が出ていた。

「申し訳ありません。事情により、本日は休演します」

本来なら、きょうは初日なのだ。なのに一時間前、正午には休演が決まった。演出家の長谷裕司から連絡があったのだ。あんたの知り合いできょう観にくる予定のひとがいたら、休演を連絡してくれ、と。

透は驚いて、何があったのだと訊いた。

長谷が答えた。

「大塚百合が倒れた。出演できない」

大塚百合は、この芝居の主役をつとめる女優だ。

透はオウム返しに言っていた。

「倒れた？」

「ああ。しばらく絶対安静なんだ。病院から出られない」

「公演はどうなる？　きょうは休演だとして、明日からは？」

「これから相談する。出演者たちにも、早めに出てきてくれと連絡した」

これから相談ということは、完全に公演を中止することもありうるということだ。

透は当惑を隠さずに訊いた。

「おれも行ったほうがいいかな」

「もし来れるようなら」

透はあわててアパートを出たのだった。

透のようなフリーの劇作家は、ふつうは公演が始まってしまえば、何ひとつすることはない。今回も、ずいぶん前に脚本を演出家に渡し、何度か稽古にもつきあって台詞とプロットの微調整もやった。昨日、ゲネプロという開演直前の通し稽古にも立ち会っている。あとは観客として、客席で舞台を観るだけでいいのだ。

でも、と透は思った。自分はこのお芝居にはわりあい深く関わってきた。今回の公演はいわゆるプロデュース公演で、一回限りの「座組」となる。劇団が定期的に上演するカンパニー公演とは違う。スタッフや出演者は演出家の長谷裕司が、このために声をかけて集めた面々なのだ。

ただ、演出家の長谷とはもう十五年ほどのつきあいになるし、今回の舞台監督や制作担当とも、一緒に仕事をしたことは多い。休演となるほどのトラブルが起こった場合、自分は完全な部外者という立場ではいられない。劇作家ができることなど、しれているにしても。

狭い階段を降りて、右手のスチールのドアを開けると暗幕があり、暗幕をくぐったところが劇場だった。黒い壁で囲まれた、学校の教室ひとつ分ほどの狭いフラットな空間。すでにそこには舞台のセットが組まれ、三方からその舞台を囲むようにパイプ椅子が並べられていた。

舞台の中央には七人の男女が立っている。演出の長谷裕司と、舞台監督の種田恵介、制作担当の女性、木村仁美。そして総勢八人の出演者のうちの四人だ。みな、深刻そうな、難しい顔をしていた。

透は同い歳の演出家、長谷に訊いた。

「大塚百合は、退院できそうなのか？」

「いや」と長谷は首を振った。「この公演中は無理だ。いつ出てこれるかもわからない」

「どういう病気なんだ？　彼女、何か大病を持っていたか？」

「詳しいことは知らない」

「家族は説明してくれないのか？」

「だから、突然倒れて運ばれて、そのまま入院だ。家族はまだ島根だ」

透はよくわからなくなった。

「誰が一一九番通報したんだ？」

「大家だ。おれも大家からのまた聞きなんだ。病名とか症状とかも、詳しくは聞いていない。とにかくしばらくは絶対安静。会えない状態だ。早期退院を当てにはできない」

「じゃあ、公演はどうする？　中止か？　それとも延期か？」

「中止にはしない。代役を立てて、やる」

「誰が百合の役を？」

長谷は、自分の向かいに立っている女優を指さした。浅田多恵子。彼女は、長女の役をやることになっている。容貌も雰囲気も、大塚百合とはかなり違っていた。スクエアな、あるいは神経質そうなタイプの役が似合いそうな女優さんだ。年齢はたぶん、大塚百合よりも五歳くらい上だ。

「あたしが」と浅田多恵子が言った。「台詞もだいぶ入っているから」

「じゃあ長女は？」と透は訊いた。誰が代役をつとめるにせよ、出演者はひとり足りなくなったのだ。

木村仁美が言った。

「わたしが、やることになった」

透は驚いた。彼女は四十代なかばで、たしかに若いころ女優として活動していた時期はあったというが、いまは完全に裏方のひとなのだ。

「しかたないでしょ」と木村仁美は言った。「どうしようもないもの」

「珍しいことじゃない」と、こんどの公演で最年長の俳優が言った。「五十年芝居やってきて、こういうことは初めてじゃない」

彼、堺太郎は、長谷や透よりもふたまわり年上のベテラン俳優だ。おそらくはこれまで、トラブルを乗り切ってきた体験も多いことだろう。

堺太郎は、落ち着いた、説得力のある声で言った。

「きょうだけ休めば、やれる。あと四日、七ステージできる。中止を決めなくても大丈夫だ」

長谷が、その場の全員を見渡しながら言った。

「応援も頼んだ。もうすぐ全員集まる。きょうこれから明日の夜まで、百合の登場シーンだけ、三回か四回は稽古できるだろう。なんとかそれで公演を続ける」

舞台監督の種田が透を見つめてきた。

「当て書きだったから、新井さんには不満だろうけど」

透が落胆していやしないか、案じるような顔だった。

透は言った。

「そんなことはないさ。それで公演できるんなら、それでいい」

そう言いながらも透は、大塚百合が不在の劇場の中を、不安をこらえて眺めわたした。


大塚百合とは、そのおよそ一年前に初めて会ったのだった。長谷裕司が、来年出てくれることになった女優さんだ、と紹介した。新劇の研究所出身で、有名どころの演出家の芝居に数多く出演していた。年齢ははっきり聞かなかったが、たぶん三十歳前後というところだったろう。

小柄で、淡い茶に染めた髪を頭の後ろでまとめていた。話してみると、屈託のない性格で、かなり世話好きなタイプ、と感じた。ひとり身だというが、男性のファンは少なくないだろう。

それを言うと、彼女は少しおどけて言った。

「どういうわけか、歳下の男の子に人気なんです。お姉ちゃんキャラですね」

長谷が透に言った。

「あの姉妹の次女を、彼女でやれないかな」

それは透が温めていた題材の主役ということだった。長谷にまた脚本をと頼まれていたとき、こんなのはどうだろうかと提案したアイデアのうちの一本だ。時代は東京オリンピックの直前で、信州の田舎で食堂を営んでいる三姉妹の物語。故障したマラソン選手のリハビリと再起を題材にしている。三姉妹の、とくに次女が、若い選手にときに優しく、ときに厳しく突き放すように接して、その復活を支えていくのだ。透は、ドイツのある指揮者の若いときの回想からヒントを得た。

お酒を入れてお芝居の話をし、彼女の舞台のキャリアを聞いているうちに、ぼんやりとしていたその登場人物が、ふいに明瞭に見えてきた。大塚百合への当て書きとして、その次女を書けると思ったのだ。

そう、当て書きなのだ、と透は意識した。自分は大塚百合が演じることを前提に、あの役を書いたのだった。大塚百合の持っている素のキャラクター、風貌、雰囲気、声の質、それらが、あの次女の役の属性となった。

なのに、その役はべつの女優が演じる。自分の脚本は、それでも成立するのだろうか。

その不安をよそに、大塚百合を除いた役者たちが揃うと、早速稽古が始まった。

でもその日はけっきょく、それでやれるかどうかの確信も得られないままに終わった。浅田多恵子は、やはり次女役の台詞を完全には覚えていなかったし、ほかの役とのやりとりの呼吸も合わなかった。あと、翌日夜の公演までに、どこまで完成度を上げられるか、少なくとも透は不安なままだった。

帰り道は、堺太郎と地下鉄が一緒だった。当然、稽古のあいだは控えていた話題となる。透は堺太郎に言った。

「彼女は、お酒でも飲み過ぎたんでしょうか。急性アルコール中毒で運ばれたとか」

堺太郎は首を振った。

「大塚百合は、プロだよ。初日を前に、そんな飲み方はしない。それに、役者は二日酔いぐらいだったら、絶対に板に立つ。飲み過ぎなんかで入院したんじゃないな」

「じゃあ、緊急入院の理由はなんでしょう？　あの役、荷が重すぎたってことはないですよね？」

「それで逃げた、って思っているのか？」

「緊急入院っていうのが、いまひとつ信じられなくて」

「おれの経験でも、演出家のいびりが嫌で、女優が逃げたってことはあった。共演者にネチネチ意地悪されて、朝起きられなかったという女優の話も身近で聞いている。だけど、こんどの場合は違うな」

「プレッシャーやストレスが理由じゃないのだったら、退院してきたら、彼女があらためて次女をやれるかもしれない」

「いや」堺太郎は首を振った。「初日に小屋に来れなかったんだ。来ないだろう。へたをしたら、彼女の役者生命は終わったかもしれない。関係者がこのことを忘れるまで、何年もかかる。少なくとも、リスクが大きい女優、って評判ができてしまった」

　翌日、なんとか一日遅れで公演が始まった。事実上の初日のステージが終わったあとは、もう誰も百合のことを話題にはしなかった。最終日、打ち上げのときも、そこで彼女の名が出ることはなかった。みな、その名を出すことを避けていたのだ。公演は、成功とは言えないまでも、関係者誰もがさほどの傷も受けることなく、終了した。

　それから数カ月たってからだ。透は、大塚百合がお芝居をやめた、という噂を複数のひとから聞いた。

透が百合に再会したのは、それから四年後のことになる。初冬の平日の夜、池袋の東口で、声をかけられた。ちょうど明治通りの横断歩道を渡りきり、飲食店街へと向かおうとしているときだ。

「新井さん」

すぐにそれが誰かわかった。透はひとの流れからそれて立ち止まり、大塚百合を正面に見つめた。しばらく声を出せなかった。どんなふうにあいさつすべきか、戸惑った。無邪気に、おや久しぶり、とは言えなかった。かといって、あのときは迷惑した、と口にするわけにもいかない。

「申し訳ありませんでした」

と、透にそれを言う百合の姿は、声をかけてしまったことは軽率だったと、後悔しているかのようにも見えた。

「残念だった」透はやっとそう口にすることができた。「身体はもういいの?」

「あのときのこと?　ええ、もしかして聞いていないですか?」

「何を?」

「出られなくなったわけ」百合は長谷裕司の名を出した。「あのひとは、ずっと秘密を守ってくれたんですね」

「緊急入院ではなかったの?」

百合は一瞬だけ目をそらしてから言った。

「違うんです。警察沙汰でした。逮捕されていたんです」

透はまばたきして百合を見つめた。逮捕とは初耳だった。それにしても、どんな理由で?　まさか、クスリ？　彼女には、クスリを常用しているような、崩れた雰囲気は感じられなかったが。

百合が言った。

「あのころ、若い子につきまとわれていたんです。何もなかったんですけど、その恋人という女の子がわたしとの仲を誤解して、あの日、刃物を持ってその子をつけていた。そしてわたしのマンションの前で、刃傷ざたです。騒ぎになって警察に通報され、わたしが男の子に切りつけたと誤解されて、手錠をかけられました。留置場で、三日過ごしたんです」

想像外のことがあったのだ。透は黙ったまま、百合を見つめた。その告白を疑わねばならない理由もなかった。まさかいまさら、そのことで彼女が嘘をつくはずもない。たぶんその話は、事実なのだ。

「三日目にやっと事情を全部わかってもらえて釈放されたけど、もう公演は始まっていた。みんなの前に出ていくわけにはいかなかった。けっきょくわたし、お芝居はやめてしまった。しばらく実家に帰っていたんです」

聞きながら長谷の言葉を思い出していた。たぶん彼は弁護士から連絡を受けてあの嘘をでっちあげ、それをきょうまでつき通したということなのだろう。

「いまは？」

「結婚して、働いています、フルタイムで」

そう言われて大塚百合の姿をもう一度見た。綿の白いジャケットに、ジーンズ。四年前よりも、少しふっくらとしている。髪は、いまは染めてはいないようだ。

透が黙ったままでいると、百合が話題を切り上げるように口調を変えた。

「新井さんには、きちんと謝らなければと思っていた。ほんとうに、迷惑をかけて。当て書きであんな役まで書いてもらったのに」

「過ぎたことだ」と、それだけ言うのがやっとだった。

「許してくれます?」それから百合は首を振った。「許すも何もないですね。あれだけのことをしてしまったんだから」

「もう古いことだって」と透は繰り返した。

「出たかった。わたしがやりたかった。出るはずだったのに」

「もう言ってもしょうがない」

大塚百合は首を振ってから言った。

「ご迷惑でしたね。呼び止めたりして。ほんとにごめんなさい。もう行きます。失礼します」

百合は何度も頭を下げながら、池袋東口の雑踏を、駅の方へ去っていった。

透は彼女の後ろ姿を見つめながら、思った。大塚百合の代わりに浅田多恵子を立てての公演は、自分の胸のうちではむしろ素晴らしい出来となったのだ。千秋楽には、大塚百合が次女役で出なかったことを、透は喜んだ。代役をつとめてくれた浅田多恵子のためには、あのあと三本、オリジナルの脚本を書いている。それほどに自分は、あの出演者を入れ代えての公演を買っているのだ。

そのことを透は、きょうも稽古場で、また浅田多恵子本人に言ってきたところだった。

隠したこと

わたしの時代遅れの携帯電話に、ショートメールが入った。夕方近く、打ち合わせをひとつ終えたところだった。

清水真知子、と、ディスプレイに発信人が表示された。

彼女とはもう一年ぐらい会っていない。体調を崩した、というショートメールをもらったのは、去年九月のことだから、それももう九カ月も前のことになる。

体調がよくないと聞けば、お酒は誘いにくくなる。彼女はSNSを使っていなかったから、近況も様子もわからなくなっていた。なんとなく距離が広がってきた、と感じていた矢先のショートメールだった。

携帯電話を開いて文面を見た。

「清水真知子さんが、六月十六日に亡くなりました。清水さんのケータイに登録されていた方みなさんに、このメールでお知らせしています。中西浩也」

その文面を理解できるまでに数秒かかった。

亡くなった？　清水真知子が死んだ？

発信人の中西浩也という名には記憶があった。会ったことはないが、清水真知子から名は聞いたことがある。

きょうは二十三日。彼女は七日前に死んだということだ。一週間たっているのであれば、すでに通夜も火葬も終わったのだろう。死亡のことも、葬儀のことも、誰もわたしに知らせてくれてはいない。もしかすると、わたしたちの共通の友人や知人の誰ひとり、その事実を知らなかったのだろうか。

あるいは、孤独死だった？　それで周囲への連絡が遅れたのか。

いや、孤独死ではないだろう、とわたしは思いなおした。この中西浩也がいる。この人物は、清水真知子の死の前後、彼女のそばにいたのだろうし、清水真知子の遺品の携帯電話を、自由に使えるほどに親しいのだ。

わたしはそのショートメールに返信した。

「訃報、わざわざありがとうございます。報せに驚いています。葬儀はもう終わったのでしょうか？　安藤章一」

このメールに返信があったのは、一時間ほど後のことだ。

「葬儀は十九日でした。密葬となりました。配偶者として、勝手ながらそうさせていただきました。中西」

配偶者として。

清水真知子は、知らないあいだに結婚していたのだ。しかし、入籍はいつの時点だったのだろう。わたしは携帯電話を置くと、デスクの上のマグカップに手を伸ばした。

清水真知子は、わたしと同じ業界に働く女性だった。フリーの編集者として、旅行関連のムックをおもに作っていた。学生時代は、バックパッカーとしてアジアを回ったと聞いたことがある。ショートヘアで、いつもパンツ姿だった。わたしはたぶん彼女のスカート姿を見たことはない。ときどき、大きな一眼レフカメラを肩に下げていた。かつてはアスリートだったのかと感じさせるような身体つきで、自分自身でも、体育会系編集者、と名乗っていた。

二十年以上前、わたしがまだ二十代のときに、業界の小さなパーティで知り合った。生息圏がわりあい近いと知ってからは、ときどき互いによく行く酒場で待ち合わせて、お酒を飲むようになった。

彼女は、女性としてはお酒をよく飲むほうだった。日本酒でも焼酎でもビールでも、その場、その店の雰囲気に合わせてなんでも飲んだ。でも、いちばん好んでいたのは白ワインだった。飲む相手は、男性の同業者が多かったようだ。彼女のよく行っている酒場で、彼女が同じ業界の男性と飲んでいるところを何度も見かけた。ふしぎと、彼女が女性と飲んでいる場面には出くわしたことはない。

わたしも彼女にとって、業界のそんな飲み友達のひとりだったはずだ。

彼女が通っている編集プロダクションは、神田三崎町にあった。わたしの勤める小さな出版社は、飯田橋に編集部があった。仕事帰りに会うことは楽だった。

お互いの職場に近いＪＲ水道橋駅周辺や、神楽坂あたりで、よく待ち合わせた。お互いになじみの店が複数あった。

彼女は二十代で結婚し、数年で離婚したのだということだった。その後は、実家に戻って暮らしていた。やがて母親が亡くなり、五年くらい前には父親が亡くなったと聞いていた。それ以降は、ひとり暮らしだったはずだ。住まいは市川だ。

清水真知子が行きつけの、ある酒場のマスターから、彼女の離婚の理由を教えられたことがある。男のDVがひどかったとのことだった。それを聞いたのは、わたしたちふたりがカウンターで一緒に飲んでいるときだ。

マスターは、当時はやっていた言葉で、彼女は駄目な男に惹かれがちなのだ、という意味のことを言った。清水真知子はそれを否定せず、受け流した。

九年前、わたしが結婚したときには、清水真知子はスパークリング・ワインを贈ってくれた。ただ、それからは一緒に飲む回数は減った。わたしの生活のリズムが少し変わったせいだ。彼女と待ち合わせて飲むのは、せいぜい年に二、三回程度になった。

わたしが清水真知子と最後に会ったのは、ほぼ一年前のことになる。梅雨どきの雨の日のことで、彼女から、今夜お酒を飲まないかとメールがあった。ときどき行っていた神楽坂の、小路の奥の小さなバーで待ち合わせて、彼女は白ワインを、わたしはビールを飲んだ。たぶん、そのときも会うのは半年ぶりぐらいだったはずだ。

清水真知子のほうからの誘いだったけれど、彼女自身はその日はあまり飲まなかった。二杯目のワインを飲みきらなかったと思う。

ひさしぶりなんだけど、やっぱりお酒は入っていかない、と彼女は言った。

体調でも悪いのか、とわたしは訊ねた。

「なんとなく」と清水真知子は答えた。「仕事し過ぎだって言わないでね。承知しているから」

「仕事し過ぎだ」

「やっぱりそう言うんだね」

「最近浮いた話などは？」

「いつものパターン」

「ないわけじゃないんだね」

「いつもの泥沼」

彼女は、自分が必ず同じタイプの男とつきあってしまう、と自嘲気味に言った。そっちに近づいてはならないと自分に言い聞かせているのに、身体はふらりとそちらに傾いてしまうのだと。

彼女が飲めなかったので、あまり長居せずにわたしたちは店を出た。傘を差して小路から神楽坂に出たところで、彼女は坂を下り、飯田橋駅から総武線に乗る。わたしは逆方向に歩いて、神楽坂駅から東京メトロ東西線に乗る。

「懲りないで、誘ってね」と、彼女は微笑して手を振った。

わたしも手を振って、神楽坂を歩き出した。十歩ほど歩いたところで振り返ると、彼女も歩きながら振り返ったところだった。わたしたちはもういちど手を振り直した。

あれが清水真知子と会った最後ということになる。


その清水真知子が死んだ。

体調が悪いというメールを受け取ってからも、自分はろくに彼女の身体を気づかわなかった。

あのメールを、わたしは軽く受け止めてしまっていた。しばらくはお酒を飲めない、という程度の意味だと。

でも、わたしはすぐ彼女に直接電話すべきだったのだ。もし入院していたのなら、見舞いにも行くべきだった。その機会は、いくらでも作れたはずなのだ。なのにわたしは、時機を逃した。家庭のこと、仕事のこと、言い訳はいくらでもできるが、冷淡だったと非難されても仕方がない。

わたしは清水真知子の携帯電話にもう一度メールを送った。

「中西さま、差し支えなければ、一度お目にかかれませんか。清水さんの病気のことなど詳しく聞かせていただければ。安藤章一」

その日のうちに返事があった。

「明日でもかまいませんか。夕方四時以降なら、どこにでも動けます」

わたしは水道橋駅に近い静かなバーを教えた。清水真知子とも何度か行ったことはあるが、さほどなじみというわけでもない店。居酒屋の並ぶエリアから少しはずれた場所にある。

先に行って待っていると、約束から十五分ほど遅れて中西はやってきた。

コットン・ジャケットを着た、細身の中年男だ。額が隠れるだけ前髪を伸ばしていた。歳は四十歳ぐらいだろうか。清水真知子よりも、少し歳下と見えた。

「迷惑じゃありませんでしたか?」と中西は訊いた。「どんな方か知らないまま、とにかくお知らせしたほうがいいかと思って」

わたしは言った。

「驚きましたが、伝えていただいてよかった」

自己紹介し、名刺を交換した。中西は、映像関連の企画会社を経営しているのだという。名刺の事務所の所在地は、市川になっていた。つまり、清水真知子の実家だ。

カウンターに着いてから、わたしは言った。

「清水さんが結婚していたこと、全然知りませんでした」

中西は言った。

「ぼくがずっと介護していて、彼女が覚悟を決めたときに入籍したんです」

「それって、いつごろです？」

「亡くなる三週間前。こんど入院したときは最後だとわかっていたので、届けを出しました」

「中西さんが一緒に暮らし始めたのはいつからなんですか？」

「彼女が闘病生活を始めてからです」

「というと」

「去年の十月に検査を受けて、ステージ4だとわかったんです。余命六カ月と宣告されて、八カ月生きました」

中西は病名を教えてくれた。発見され治療を受けた場合でも、十年生存率が極端に低いガンだ。つまり体調を崩したというあのメールは、検査直前のものということになる。

中西は、弁解するように続けた。

「身近に身内もいなかったし、ぼくがそばにいて、ヘルパーさんに介護を頼んで看病しました。何度か入院につきそって、最期も病院で看取りましたよ」

「病気のこと、友人たちは知っていたんでしょうか。共通の知人が何人かいるんですが、聞いていませんでした」

「何人か、友人には話していたようです。でも、あまり言ってほしくないとのことでした。薬のせいで髪が抜けて、ウイッグをつけていましたし、この数カ月は激やせで友達にも会いたくはなかったようでした」

「親戚には？」

「親戚はほとんどいませんでしたよ」それから中西が訊いた。「真知子とは、どういうご関係だったんです？」

中西は清水真知子を呼び捨てにした。入籍していた以上は、ここで敬語を使われるのは妙なものだが、やはり聞くと気持ちが妙にざわついた。

清水真知子は、いよいよ死期を悟ったときに、この男と入籍した？ 周囲の誰にも知らせずに。ひそかに。誰にも祝福をもらうこともなく。

わたしは自分の内心のひっかかりを隠して言った。

「同じ業界ですから、ときおり会っていました。食事をしたり、お酒を飲んだり」

「ふたりきりで？」

「業界の仲間と一緒のことがほとんどですが」

そのやりとりが終われば、お互いのあいだにはもうろくに話題もなかった。わたしたちは、あたりさわりのない話題で時間をもたせ、切り上げた。

別れ際、中西は一瞬だけ、確かめたいことがまだひとつだけあるのだが、という表情になった。

たぶんそれは、あなたと真知子とは、ほんとうに業界が一緒だというだけの関係だったのですか、ということだ。

その点で、わたしには隠したことはない。わたしたちは同じ業界で働く飲み友達だった。それだけだ。

ただ、彼には最後まで隠し通したことがある。

わたしは清水真知子から、聞いていた。新しい恋人の名を。最後に会った雨の夜にだ。

彼女は言っていた。その男、とても優しいし、まめだし、いろいろ献身的なの。だけど、だらしない。パチンコ好き。仕事もしない。何度も同じタイプの男に引っかかってきたのはわかっているんだけど、自分ではどうしようもないの。

その男の名も教えてくれた。中西浩也。彼女が一度口にした名前を、わたしは記憶していた。

わたしと最後に会ったあとに、彼女は自分を看取ってもらう男として彼を選び、死の間際に入籍した。彼女のその決断に、わたしはとやかく言うことはない。中西浩也は、たとえどんなに駄目な男であったとしても、とにかく身は空いていたのだ。

わたしとは違って。

反復

指定された駅の北口は、想像していたよりもずっともの寂しかった。何より照明の絶対量が足りない。公共の照明灯も、商業施設の灯りもだ。一帯が暗く、どこか埃っぽくて、疲弊した地方都市の駅前のように見えた。

いちおう小さなロータリーはあるが、タクシーやバスの乗り場は見当たらない。ロータリーを囲む建物も古く、小さなものばかりだ。商店街と呼べるだけの商店の数もないように見えた。この路線の駅前なら必ず目につく消費者金融や眼鏡の安売り店の看板もない。もしかするとロータリーの外に多少は広い道路があって、商業施設はそちらに並んでいるのかもしれないが。

森田秀一は駅舎の外に立って、自分は待ち合わせ場所を聞き違えたかと不安になった。南口で、と相手は言ったのかもしれない。この駅に降りるのは初めてだが、聞いている限りでは駅前がこの程度の賑わいのはずはなかった。ここはもっと繁華で、かなり猥雑なエリアも抱える町だと聞いている。たとえ二十年前の景気は失われているにしてもだ。それに十月末の、雨の予報でもない木曜日なのだ。人出はもっとあってもいい。やはりそれは、きっと南口のことだったのだろう。酒もよく飲む男同士が待ち合わせるなら、そちらのほうが似つかわしい。きょうは、立ち話で終わるわけがないし、自分もそのつもりで来ていた。

スマートフォンを取り出そうと上着の内側に手を入れかけたとき、右手から影が近寄ってきた。

「森田さん」

顔を向けると、二宮淳史だった。かつて部下だった男だ。ゆったりとした白っぽいジャケットを引っかけている。

森田は言った。

「南口と間違えたかと思ったぞ」

「すいません。うちがこっち側なんで、北口にしたんですが」

「雑踏の中で迷子になるよりいいさ」

「呼び出したかたちになって、ほんとうに申し訳ありません」

二宮は、半年前に会ったときよりも、少しだけ太ったように見えた。血色も悪くないし、目の光にも多少の強さが戻っているように感じられた。

彼は続けた。

「ほんとうなら、わたしが森田さんの指定するところまで行くべきでしたけど」

その言葉は、珍しく遠慮がちだった。きょうここに呼び出したことで、森田の機嫌をそこねていないか不安になっているのかもしれない。いや、じっさい森田はかなりの努力で不愉快を押し殺していた。この駅前に立った瞬間から、いまいましさと、いくらかの怒りを、なんとか言葉や顔に出さぬよう努めていた。しかし、二宮はもうそれを感じ取ってしまっているのかもしれない。

森田は首をめぐらして駅前の様子を眺めながら訊いた。

「彼女と暮らしていたのは、ここだったか？」

「ここじゃありません」二宮は同じ路線のひとつ都心側の駅の名を言った。「もう、駅でばったり会うのもいやだし」

「完全に切れたのか？」

「そのための引っ越しでしたから」

「意外に静かそうなところだ」

「賑やかなのは南口なんです。店も多くて、便利なのはあっち」

「どうして北口に引っ越したんだ？」

「あっちは誘惑が多すぎるんで、少しだけ距離を置こうと。あっちに行くのに、駅のコンコースを通るのって、けっこう心理的バリアになりますから」

「晩飯、まだだろう？」

「ええ」

「どこかに入ろう」

「どんなところがいいですか？」

森田は、ロータリーの先の路地に見える看板を右手で示して言った。

「あそこに居酒屋がある」

店の名前は、大手チェーン店のものではなかった。

「ああ」と二宮が言った。「よく行ってます。魚がおいしいですよ」

「あそこでまず何か酒を」

言ってから、森田は思った。酒でも飲まずにいられるか、という含みに聞こえたろうか。これから聞くことになる事情は、絶対に素面では聞けるものではない。真剣に聞くほどの意味があることでもないはずなのだ。そして自分がやることも、多少自棄になるか、酒の勢いでも借りなければできないものだ。だからこれから飲む酒も、できるだけやさぐれた臭いのするものがいい。絶対にカリフォルニアの白ワインなどではなく。

二宮が駅前のロータリー脇の道を、森田の先に立って歩き出した。森田は、歩調を二宮に合わせて続いた。

入ってみると、その店はけっこう混んでおり、何組ものグループ客が賑やかに飲んでいた。アルバイト店員かと見える若い女性が、森田たちの前に立った。作務衣ふうの服装で、黒い前掛けをつけている。

女店員は、二宮に微笑を向けて言った。

「いらっしゃいませ。おふたりさまですね」

二宮も微笑してうなずいた。

「きょうは男ふたり」

「カウンターとテーブルと、どちらがいいですか?」

「ちょっと話もあるんで、奥のテーブルがいいな」

「ご用意します。喫煙席ですよね?」

「うん。大事なお客なんで、ＶＩＰ席を」

女店員は笑った。

「はい、いちばんの席に」

馴染み客なのだと想像できるやりとりだった。

案内されたのは店の奥、調理場から見て物陰になったテーブル席だった。トイレも近い。並びのテーブルには、髪を同じように染めたカップルが、無言でそれぞれのスマートフォンをいじっていた。

森田たちはそのテーブルで向かい合い、女店員に酒を注文した。二宮が生ビールを頼んだあと、森田は焼酎のお湯割りと女店員に告げた。

メニューを広げてみたところで、食欲が消えていることに気づいた。森田は二宮の希望を訊かずに、居酒屋ならどこにでもあるつまみを四皿注文した。

お互いが器の中の酒を三分の一ほど飲んだところで、森田はバッグから封筒を取り出した。銀行のロゴタイプとマークが印刷された、白っぽい封筒だ。

封筒をテーブルの上に滑らせて、森田は二宮に言った。

「十、入っている」

二宮が頭を下げ、封筒を手元に引き寄せた。

「すいません。何度もご迷惑かけて」

「これが精一杯なんだ」

「はい。これでなんとか追い出されずにすみます。必ずお返ししますので」

二宮は封筒を上着の内ポケットに収めると、家賃が滞納となった経緯について、三ヵ月前にさかのぼったところから話し始めた。その説明は五分ばかり続いた。

話が一段落して、二宮がジョッキを口に運んだので、森田は訊いた。

「仕事は？」

「なかなか決まらなくて」

「このあいだ言っていた件は、けっきょく駄目だったのか?」

「ええ。社長との面接までは行ったんですが、年齢のことを言われました。四十を過ぎると、うちとしては、と」

「四十を超えると、採るほうの印象もまるで違う」

「そうなんですよね。森田さんにそう言われていたし、自分でもなんとか四十前に、と頑張ってきたんですけど」

「そこは、おれの知っているとこ?」

「いいえ。たぶん知らないところです。いま、またひとづてにあちこち当たっているんです」

同じようなやりとりを、これまで何度繰り返したろう。いつしか自分たちは、会えばまるで台本があるかのように、この話題から会話を始めるのだ。その後の展開も終わりかたも決まっていて、終わったときには、こんどもどこにも意外性はなかったことを知る。ちょうど不条理演劇の登場人物たち同様、自分たちも日をあらためたところで違う結末にたどりつけるわけではないのだ。それがわかってきている。

頼んだ肴が運ばれてきた。キュウリのたたき、出し巻タマゴ、モツの煮込み、軟骨の唐揚げ。居酒屋で飲むときには定番の皿。きょうの気分には、これ以外に何があるかと言える注文品だった。森田は割り箸を割って、キュウリの皿に手を伸ばした。

「どうなんですか?」と二宮は、自分は割り箸に手をつけずに訊いてきた。「仕事は?」

「厳しい」森田はキュウリを嚙みながら答えた。「件数は同じでも、一件ごとの条件がどんどん悪くなる」

「わたしがいた時期が、異常だったんですかね」

「いま思えば、そうだったかも、だな」

少しのあいだ、森田は問われるままに、現在の仕事の様子を話した。中央区に事務所のある中堅広告代理店の、イベント事業の企画・運営の業務。得意先のレギュラーの案件。飛び込んできた、目新しい仕事。競合の企画で勝ったこと、負けたこと……

森田がその代理店に移ってから二十年になる。その転職は、同じ業界からの、いわば水平移動だった。その代理店では、主に堅い企業や製造業の販売促進イベントや展示会を手がけてきた。プロデューサーという立場だ。

森田が二宮と知り合ったのは、展示会の仕事の現場でだった。二宮は下請けのイベント会社の社員で、当時森田よりも五歳若い三十二歳だった。森田は三度、彼と一緒に仕事をして、彼の仕事っぷりに感心していた。どんな種類のイベントの現場でも、マネージャーとしてそつがなく、気が回って、想定外の事態やトラブルへの対応能力も優れていた。そればかりか、専門のMCとしても十分やっていけるだろう、と思える男だった。

だからアシスタントの増員を会社が認めたとき、森田は二宮に声をかけて、転職するよう強く誘ったのだった。下請けのプロダクションから代理店への転職は、二宮にとっても魅力ある誘いだったはずだ。収入も二割がた上がることになる。森田にとっては、二宮の陽性で軽みのあるキャラクターも、自分のアシスタントの資質として必要だった。自分がプロデュースする仕事の現場はしばしば堅苦しく、窮屈な雰囲気になることがあったのだ。二宮がすぐ下にいてくれるなら、自分の現場はかなり空気が変わるだろうと期待できた。

二宮は、返事を一日保留してから、転職に応じてきた。七年前のことになる。

会社が増員を認めたほどだから、その後も森田のセクションには仕事の途切れることがなかった。週末の大半はつぶれたし、自宅に帰らずにビジネスホテルで何日も過ごすことも当たり前だった。ろくに有給休暇も消化できないほどの多忙な日々が三年は続いたろう。ひと仕事終えるたびに、部下たちを誘って深夜まで酒場で騒ぐことが息抜きだった。そんな場でも、二宮は楽しい男だった。カラオケが上手で、きわどい会話も巧みだった。甘い顔だちということもあって、森田の部下の女性社員たちばかりではなく、酒場で働く女性にも人気だった。

二宮が体調を崩していると気づいたのは、彼が部下となって四年目に入った初冬のことだった。ひとつ大きな案件を終えたあと、無断欠勤が二日あったのだ。二日酔いで遅刻することが何度かあった男だから、一日目は放っておいた。欠勤二日目の金曜の午後に電話すると、起き上がれない、とのことだった。無理するなと伝えたが、二宮はけっきょく週明けの月曜も出勤してこなかった。電話で話してみた印象から、過労から来る気分障害かもしれないとは想像した。

その後は酒を飲みにいっても、以前のような屈託のない明るさが感じられなくなった。どこか無理をしてテンションを上げていると思えるようになったのだ。欠勤が目立ち、事務的なミスも重なるようになった。やがて頬がこけてきて、過労であることが明瞭になってきた。

森田は二宮に勧めた。心療内科で診察を受け、会社を休んできちんと治せと。

二宮は話にならないとでも言うように首を振った。

「わたしが休んだら、次は森田さんが倒れるんですよ」

あのとき受診と休職を促すのではなく、上司として指示すべきだったとは思っている。しかし当時の森田は、二宮が欠けることのリスクも承知していた。自分の部署が立ちいかなくなると恐れていた。あれ以上強くは言えなかったのだ。

それでも森田は上司に二宮の健康状態を伝え、仕事が過重なのでもうひとりひとを増やしてくれと頼んだ。会社は応じてはくれなかった。二宮を休職させるという案も論外だと退けられた。

離婚の話が出ている、と聞いたのは、さらに半年ほど経ってのことだったろう。彼の健康を案じて会議室でふたりきりになって話したとき、妻との不仲で神経が参っているのだ、と二宮が告白した。学生結婚した妻がいかに身勝手か、夫の仕事に理解がないかを二宮は愚痴った。

それから数カ月後、妻と小学校三年の男の子を残して、二宮は家を出た。彼がそれまでの京成線から総武線の沿線へと引っ越したのが、このときだ。

離婚したことで、彼の落ち込みや激しい倦怠感の原因も消えたかに見えた。じっさい、いっときは回復したのだろう。彼の体重がもとに戻りつつあると、はたからもわかった。

ひとり暮らしが続いているものと思っていたら、いつのまにか二宮はべつの女性と同棲を始めていた。相手は仕事で知り合ったコンパニオンとのことだった。スマホの写真を見せられて思い出した。ＩＴ関連メーカーの合同展示会に、英語と中国語を話せるということで派遣されてきていた女性だ。イギリスからの帰国子女だった。打ち上げのとき、その女性がずっと二宮の横にいたことを覚えていた。歳は二宮よりも五、六歳下ではなかったろうか。

二宮から同棲の件を打ち明けられたころ、森田の部下の女性社員がひとり退職した。入社して四年、小さな案件なら完全に彼女まかせにしても安心と言えるほど、できる女性だった。森田の部署はいよいよ多忙になった。

そのうち二宮はまたミスを犯しがちになった。欠勤も増えてきた。再発したのか、と森田は案じた。

やがて二宮がかなり決定的とも言えるミスを犯した。ある得意先の新製品発表会で、絶対に必要な業者への手配が抜けていたのだ。当日の発表会は半日遅れとなり、混乱が連鎖して大失敗のイベントとなった。森田にとっても、監督ミスということだ。会社の利益がきれいに消えて、森田は減給処分となった。

二宮には異動が言い渡された。彼にはまったく畑違いの、庶務部門への配属だった。当時幹部は認めなかったけれども、それは転職させるための猶予期間だった。解雇される前に次の仕事を見つけろと。しかし二宮がその異動の意味を真剣に受け止めていたかどうかは疑わしい。彼は出社することに意欲を失ったせいか、欠勤がいよいよ多くなった。そうして異動からちょうど三カ月後に、二宮は解雇となった。三十日前の解雇予告なしにだ。そのタイミングは、森田にとっても予想外のものだった。役員からは何も聞いていなかったのだ。部署が違ったから、二宮に解雇を告げる役となることだけは免れた。

二宮は通告を受けたあとにすぐ、森田のデスクへとやってきた。

森田は通告の中身を聞いてから言った。

「すぐ失業保険の手続きをして、カネが続くあいだに、その病気を治してしまえ」

二宮はうなずいた。

「会社も、三カ月後に解雇だと言うなら、庶務に移したときにそれをはっきり言ってくれたらよかったのに」

二宮は、転職の準備は何もしていなかったという。どこかの求人に応募したこともなかったのだ。

「懲戒期間が終わったら、森田さんの下に復帰できるのだと思っていました」

二宮の印象は、移ってきたときの五年前とはずいぶん変わっていた。表情が貧しくなり、声には張りが薄れていた。森田は、二宮がこうなったことには自分にも責任がある、と感じていた。欠勤が目立ってきた時期、無理にでも休職扱いとして、そのメンタルな障害を治させるべきだった。治らない病気ではないと聞いている。もっと早くに治療させておけば、解雇までには至らなかったのだ。

当惑している森田に、二宮が言った。

「新しい仕事に就く前に、整理しておきたいことがあるんですが」

何だ?と森田は訊いた。整理という意味がわからなかった。

「消費者金融に、借金があるんです」と二宮は言った。「離婚と、引っ越しとで、借金を作ってしまいました。これを一括で整理できたら、転職も楽になると思うんですが」

そのような悩みもあったのだ。過労、家庭不和、借金。もしかしたら不倫も。病気との因果関係はわからないし、もしかしたら原因と結果が逆なのかもしれないが、二宮は森田が想像していた以上に、私生活で苦しみ、あえいでいたのだ。おそらくは長いこと、彼は酸欠寸前という状態だったのだろう。

「いくらだ?」と森田は訊いた。

「百二十万なんです。貸してもらうことはできないでしょうか?」

少し考えてから、森田は言った。

「全額は無理だ。その半分なら、なんとか」

「助かります」

二宮はそのあと私物をまとめ、同僚たちにもあいさつせずにひっそりと退職していった。

その翌々日だ。森田は神田駅近くの喫茶店で二宮と会った。彼は退職した日と同様にスーツ姿だった。タイもきちんと締めている。

森田は銀行の封筒を二宮に渡して言った。

「七十ある。全部は整理できなくても、足しにしてくれ」

それは妻と少しとげとげしいやりとりをしたあとに、なんとか用立てることのできた額だった。一応借用書は書いてもらうつもりだったが、期限は切らない。彼が仕事をするようになったら、少しずつ返済してくれればいいのだ。

それを言うと、二宮は深々と頭を下げた。

「ありがとうございます。必ず返済しますので」

その話題をくだくだと続ける気はなかった。森田は訊いた。

「仕事はみつかりそうか」

「焦らずに探そうと思います。とにかくこの病気を治すほうが先決ですから」

「それがいい」

「ほんとうに、ご迷惑かけてばかりで」

それが二年前だ。きょうと同じような、十一月の、乾いた空気の夜。

きょうも、あのときとほとんど同じ会話が、反復されている。

二宮が、生ビールを飲み干したあとに言った。

「ここまで来ると、もう会社の規模にはあまりこだわらないことにしようかと思っています」

森田は訊いた。

「こだわっていたのか？」

「そりゃあ、いままでの実績を生かせるぐらいの規模がないと。商店街の大売出しの手伝いをやりたくて、この仕事に就いていたわけじゃないですから」

「ぜいたくは言えない。もういまは、とにかく定職に就くってことを最優先にしたほうがいい」

「でも、給料だって、自分に必要な最低ラインってものがあります。養育費も払わなきゃならないんですから」

「息子さん、いくつになった？」

「十二」

「来年中学か？」

「ええ。やっぱり私立にやりたいし」

「会っているのか？」

「ひと月に一度ですけどね。今年は何回か野球に連れていったんです」

「どこのファンなんだ？」

二宮は、仙台に拠点のある球団の名を口にした。

「東京っ子が、どうしてそういうことになったのか、わからないんですけどね」

「ひいきの選手がいるからじゃないのか？」

「身近にもいい選手はたくさんいるだろうになあ」

「最近は？」

「このあいだは、映画です。それから飯を食って。だんだんぎこちなくなってきましたよ」

「もし娘だったら、口もきいてくれない時期があるらしい」

「最近は、あれが欲しいとか、これを買ってとか、ねだることもしませんよ。失業中だという事情がわかってきたのか」二宮が森田のグラスに目をやった。「もう一杯、いかがです？」

いかがです、と訊かれても、彼が支払うわけではないのだ。割り勘でもない。この居酒屋での勘定は、森田が持つ。いつのまにか、会うとき支払うのは森田と決まってしまっている。じっさい、カネを貸して欲しいと言ってきた相手にカネを渡すとき、飲み食いの勘定を支払わせるわけにはいかない。

「そうだな」と、森田は自分がみみっちいことを考えたと恥じながら言った。「もらおう」

「同じもの？」

「ああ」

二宮が女店員に、焼酎のお湯割りと生ビールの追加を注文した。

二宮の上着の内から、着信音が聞こえた。彼は内ポケットからスマートフォンを取り出すと、ちらりと画面を見てからすぐに戻した。

追加の酒が来て、二宮が二杯目の生ビールに口をつけた。少し顔が赤くなってきている。酔いが顔に出やすい質なのだ。

「こっちに引っ越してから」と二宮が何か愉快なことを思い出したという顔になった。「精神の健康のためには、この歳のひとり暮らしってやはり問題だと感じるようになりましたよ。いまさらのことですけど」

森田は新しい焼酎のグラスを手に取ったが、口には運ばなかった。

二宮が続けた。

「勤めに出ないで、ひとりで暮らしていると、生活がどんどんだらしなくなっていきます。風呂に入るのも洗濯も食器洗いもどうでもよくなってくる。ずるずると落伍者になっていきそうです。なんとか生活に秩序を取り戻すことが必要だと、痛切に思っていますよ」

森田は焼酎に口をつけてから言った。

「それを止められる気力があるうちに、止めたほうがいい」

「ええ、そうですよね。そのためにも、早く仕事と、一緒に暮らせる女が必要だと思っていますよ」

「女？」

「ですから、いま、またひとりなんですよ」

半年前に、同棲相手と別れると教えられていた。

森田は訊いた。

「仕事を見つけるのと、女と、どういう優先順位なんだ？」

「どちらでも。まったく同じかな。どっちを先に見つけても、成果は同じようなものになるでしょうけど」

調理場に近いテーブルで、グループ客が大きな笑い声を上げた。ちらりと目をやった。男三人と、女がひとり。みな二十代のようだ。地元で働いている連中なのだろう。同僚同士なのかもしれない。

森田はキュウリを口に入れ、飲み込んでから言った。

「一緒に暮らすというけど、他人との共同生活が、自分にはストレスだったって言っていなかったか？」

「他人となら、そうですよ。行ったことはないけど、寄宿舎の相部屋とか、軍隊生活とか、わたしには絶対に無理ですね」

「誰とならいいんだ？」

「月並みですけど、心を許した家族とか、心底好きな相手とか」

「奥さんとの暮らしのせいで、出社もできなかったろう」

「恋愛した相手でも、時間が経てば、性格とか習慣の違いが、我慢できないものになることもあります。結婚前には想像できないこともいっぱいある」

「奥さんとは、同棲期間が長かったんじゃなかったか？」

「大学三年のときからですから、五年同棲して入籍したんです」

「それでもわからないことがあったか」

「彼女が、同棲しているあいだに変わったのかもしれません。恋愛期間が終わって、生活がお互いのいちばんの課題になって変わったのか」

「生涯、恋愛だけしているわけにはいかない」

「そうですけどもね」二宮は首を横に振った。同意できないと言っているかのようだ。たぶん彼は、森田よりも自分のほうが女についてては経験値が高いのだと、自負している。「とにかく女房とは、ずるずる決断するのを延ばして、失敗しました。もっと早くに見極めがついていれば、お互いの傷も最小限で済んだんでしょうけど」

森田が反応せずに黙っていると、二宮があわてた。

「すいません。森田さんには、こういうわたしって、ひどく身勝手なものに見えるんですよね」

「いいや」森田は首を振った。この会話、このやりとりも、初めてではなかった。以前彼が離婚するかどうかを愚痴ったときに聞いている。酒が入っていたときだから、記憶の細部は多少あやしげだが。「もてるんだなと、感心するだけだ」

「皮肉じゃないですよね。たしかにわたしは積極的ですし、相手に好意を示されたら、できるかぎり応えようとするほうです。冷淡にはなれません。どうしても」

森田は出し巻タマゴに箸を伸ばしたが、食欲はなかった。タマゴを自分の取り皿に移してから箸を置き、グラスを持ち上げた。

二宮が言う。

「わたしの弱さですよね。認めますけども、自分の弱さなんです」

森田は口からグラスを離して、思い出そうとした。ついいましがた、二宮が言いかけていた主題は何だったんだろう。森田が鋭敏に反応してしまった問題を、彼は口にしたのだったが。

思い出した。また一緒に女と暮らす、と彼は言ったのだ。自分の精神の健康のためにも、それが必要だと。

二宮が言った。

「こっちに引っ越してきてから、知り合った女性がいるんです。あっちの業界とはまったく縁のない地味な女性なんですけど」

予測がついた言葉だった。森田は確認した。

「地味？」

「岩手から出てきて、派遣で慎ましく暮らしているひとなんですよね。こういう生き方しているひとが世の中にいるんだって、最初は驚きましたよ」

「どういうふうに？」

「お酒飲むのは、月に一回だけ。同じ派遣仲間とチェーンの居酒屋に行って、二千円だけ使うんだそうです。家賃を払うとカツカツ。服はみんな」二宮は、廉価衣料品の全国チェーン店の名を口にした。「……だそうです」

「みんな収入の範囲内で生きてる」

「七、八年前に東京に出て以来、男にごちそうしてもらったことはないって、信じられます？そこそこいい素材の女性だと思うんですけどね」

「いくつなんだ？」

「三十一」二宮よりも九歳若いということになる。「知り合った日、思わずイタリアンに誘ってしまいましたよ。少しいいものを食べようって」

「そもそもどこで知り合ったんだ？」

「南口の居酒屋です。月一回のぜいたくする日に、わたしはひとりで飲みに行っていて」

いましがた大きな声で笑っていたグループが、またどっと笑い声を上げた。あとに続く四人のやりとりが、こんどはさすがに耳障りだった。二宮も首をひねってそのグループに目をやった。焼酎のグラスをテーブルに置いたとき、力の加減を間違えた。テーブルの上でグラスが予測よりも大きく鋭い音を立てた。

二宮が森田に目を向け直して言った。

「移りますか。ちょっとうるさくなってきた」

「どこかいいところでも？」

「歌える店はどうです？　森田さん、最近歌ってます？」

「いや」

「大きな声で歌うのって、いちばんのストレス解消法ですよ」

「その程度のストレスじゃないしな」

二宮は腕時計を見た。

「彼女も呼び出せる時間です。南口には、歌える店も多いし。森田さんには、きちんと紹介しておきたいです」

「一緒に暮らしたいって言うのは、その女性なのか？」

「ええ。向こうもかなりその気持ちにはなっているんですが、わたしの仕事が決まってないんで」

「そっちが先だ」

「森田さんがそばにいてくれれば、彼女も、わたしがまともな社会人だって信じてくれそうな気がして」

「まさか」

「一緒に暮らす相手ができたら、わたしの仕事探しにモチベーションができます。働こうという意欲が湧いてきますよ」

森田は二宮を見つめて言った。

「出るか」

切り上げどきだった。もう一軒行くつもりはないし、その彼女を紹介してもらいたいとも思わない。きょうはそんなつもりで、ふだん自分が乗ることのないこの路線のこの駅まできたわけではなかった。自分の生活圏へ、彼を呼びたくなかったのだ。むしろ自分が出向いたほうがいい、という気持ちだった。自分が彼のためにカネを用立てるにせよだ。

「南口、行きます?」

「いや」

「ここ、ごちそうになっていいですか?」と二宮が両手をテーブルの端に置き、上目づかいに言った。

「そのつもりだ」

森田はテーブルの脇に伝票があることを確かめてから、二宮に言った。

「ちょっとスマホ貸してくれ」

「どうしました?」と言いながらも、二宮はジャケットの内ポケットから、スマートフォンを取り出してきた。森田とまったく同機種だった。

森田は二宮の白いスマートフォンを両手で持ち、ホーム画面をタップした。ついで、出てきた画面を下にスクロールした。

「彼女の写真だったら」と二宮。

「いや、違うんだ」

森田は連絡先の画面を二宮に向けた。

「おれの名前だ」

「ええ」瞬きして二宮が言った。「いちばんお世話になっている番号です」

森田はもう一度、画面をタップした。連絡先詳細が表示された。森田の名、スマートフォンの番号、会社の電話番号、それにメールアドレス。画面の下には、赤い文字で「連絡先の削除」と、その機能が示されている。森田はその部分をタップした。「連絡先の削除」の表示が大きくなり、その下に青く「キャンセル」の文字が出た。アプリはここでユーザーに念を押している。削除するつもりでしたか？　ほんとうに削除でかまいませんか？　いまならまだ中止できますよ、と。

二宮を見た。不安そうだ。もしかすると、森田が何をしようとしているのか、想像できているのかもしれない。

森田は削除の部分をタップした。連絡先詳細画面から、その名を含めて、森田に関わる情報がすべて消えた。

森田はホーム画面に戻してから、二宮にスマートフォンを返した。

二宮が受け取ってから訊いた。

「何をしたんです？」

「そのうちわかる」

森田は立ち上がり、財布から店の支払いに足る札を取り出してテーブルの上に置いた。

二宮が、唖然とした顔で森田を見つめてくる。森田がいま何をしたのか、もう理解したという顔だった。

「借用書、まだ書いていません」

「いい。これで終わりだ」

「何が終わりです？」

「じゃあ」

森田はバッグを取ると、店の出入り口へと向かった。

後ろで二宮が、森田を呼んだ。森田は振り返らずにそのまま歩き、出入り口の引き戸を開けた。

店の外の路地は、入ったときと同様の薄暗さだった。左手方向が駅の北口のロータリーのはずだった。

バッグを斜め掛けして、ロータリーへ向かって歩いた。もう後ろで呼ぶ声はなかった。

胃の底のあたりが、ざわついている。空腹感もまた出てきていた。

さっきこの駅に降り立ったときには、こんな夜になるとは、少なくとも予想はしていなかった。なんとなく自分をおびえさせるものはたしかにあったが。しかし、この締めかたに後悔はない。もうこんなことが反復されることはないのだ。

乗換駅で降りて、あらためて酒を飲まねばならないな、と森田は意識した。きょうはいくらか酒を飲む必要があった。うまく行けば、気持ちが切り替わるかもしれない。方法はともかく、それが終わったことを喜ぶことができるかもしれない。

駅舎に入るとき、高架の軌道から電車の近づく音が聞こえてきた。都心方向への電車のようだ。走るか？　間に合うか？　べつに一本やり過ごしても、全然かまわないのだが。

それでも森田は、駅舎へ向かう足を少しだけ速めた。

リコレクション

いくらか殺風景にも見える住宅街だった。いや、その中通りには町工場も混じっている。倉庫もある。かつては軽工業エリアという土地だったのかもしれない。トタンの波板を壁に張った民家や、スレート屋根の小工場なども目につく。午後四時という時刻のせいか、通りには小学生ぐらいの子供の姿が、ふたり三人見えた。

新井裕也がこれから訪ねる相手、佐久間潔は、ほぼ四カ月前にここに引っ越してきている。東京の南の、私鉄駅からも遠い土地だが、佐久間が自分でここに住もうと決めたのではない。生活保護を申請するとき、区役所の福祉課がこのアパートを勧めてくれたのだという。事実上、それは指定されたということかもしれないが、詳しい事情は知らない。いずれにせよ、佐久間は一方通行のこの中通りの先に住んでいる。

タクシーを降りると、ショルダーバッグを斜め掛けにし、ふたつのトートバッグを両手に持って、新井はその中通りへと歩き出した。これまでは自分の車で来ていたが、きょうは車は使わないほうがよかった。

ショルダーバッグにはタブレット型の端末が、トートバッグのほうにはペットボトルが三本、それにレトルト食品や缶詰のたぐいが入っている。ペットボトルと食料品は病気見舞いであり、差し入れであり、そして御祝儀のつもりだった。佐久間の作品をおよそ二百カットばかりまとめた電子版の写真集ができて、昨日これが配信開始となったのだ。

その写真集の編集とアップロードは新井が引き受けた。電子版とはいえ、佐久間にとっては最初の写真集ということになる。そして、もっと冷淡に言ってしまえば、彼が生涯で残した唯一の作品集ということにもなるだろう。それを佐久間本人に見せるのが、きょうの訪問の理由だった。彼は電子版書籍を見るためのデバイスは持っていなかったから、きょう新井が見せてやらなければ、自分の作品集の完成した姿さえ知ることができないのだ。

佐久間の部屋のインターフォンのボタンを押すと、室内でチャイムが鳴ったのが聞こえた。新井は返事を待たずに、ドアノブをひねった。手前に引くとドアが開いて、部屋の中が奥まで見えた。ベッドの端に、佐久間が腰をかけていた。スウェットに、ゆったりしたカーゴパンツ姿だ。

「おう」と、短く佐久間が言った。「入れ」

新井はサンダルがひっくり返った小さな玄関から、部屋に上がった。来ることは電話で伝えてあったのだけど、室内は片づけられた様子もなかった。コンビニの白いレジ袋が散らばり、重ねられた整理ボックスには、衣類が無造作に突っ込まれている。ベッド脇の小さなテーブルの上には、灰皿とテレビのリモコン、そして空のペットボトルが二本。

「できたんだな」と、佐久間が新井を見上げて、期待のこもった顔で訊いた。

新井は、ショルダーバッグを軽く叩きながら答えた。

「昨日から配信されてる」

「世界中に？」

「ネットのあるところなら、どこでも」

「見せてくれ」

新井は佐久間の向かい側のカーペットの上にじかに腰を下ろし、バッグからタブレット端末を取り出した。

新井が初めてこの部屋を訪ねたのは、佐久間がここに引っ越した日だった。十一月の末の土曜日だ。

自分の車で佐久間の前のアパートに行き、引っ越し業者のトラックで荷物を送り出してから、彼を乗せてここまでやってきた。もうひとりふたり手伝いがいるのかと思っていたが、新井しか手伝う者はいなかった。たぶん佐久間は、引っ越しすることと、その訳を、誰にも伝えなかったのだ。新井がそうであったように、生活保護を受けることになったと告げられれば、相手は確実に当惑する。言葉に詰まる。そんな場面に、彼はおそらく耐えられなかった。新井は、佐久間から事前に事情を打ち明けられていた数少ない友人のひとりになるのだろう。まさか、唯一の友人、ではないだろうが。

電話ではやりとりしていたけれども、佐久間の顔を見るのは、そのときほぼ二年ぶりだった。佐久間が急性肝炎で入院したとき以来、ということになる。

引っ越し先の木造アパートは、築三十年の建物のわりには悪くはなかった。1Kというシングル向けの間取りで、水回りもクリーニングしてあり、傷みも汚れもあまり目立たない。佐久間と新井は、業者が室内まで運び入れてくれた荷物の梱包を解き、蛍光灯とガスコンロを取り付け、ベッドを組み立てた。

あらかた片づけが済んで、そろそろ夕食だというとき、新井は佐久間に訊いた。

「機材は、どうしたんだ?」

いっとき、佐久間は四×五判のフィールド・カメラからブローニーフィルムのカメラ、さらに一眼レフまで、プロの広告写真家として必要なカメラを十台以上持っていた。この二十年ほどのあいだにそうしたフィルム・カメラや撮影機材を少しずつ手放していたが、デジタル一眼レフは二台か三台、持ち続けていると思っていたのだ。だから、この日まったくそれらしい荷物がないことは意外だった。

佐久間はぶっきらぼうに答えた。

「とっくに売った」

「全部?」

「おれは、写真をやめてもう長いんだぞ。必要もないのに、いつまでもプロ用機材なんか持ってないよ」

ほとんどは、つきあいのあった中古カメラ店に声をかけて引き取ってもらったのだという。

写真をやめて長い……。

佐久間が写真の仕事を辞めた時期のことを、新井は正確に思い出そうとしてみた。もうかなり前のことになる。たしか四十代のなかばころには、写真家を廃業していたのではなかったろうか。つまり、十五年ぐらい前には。

佐久間は、新井と同い歳で、いまちょうど還暦ということになる。新井が二十代なかばで、硬派の広告写真家の下で働き出したときに知り合った。佐久間のほうが一年早く、そこでアシスタントとして働いていたのだ。新井が働くようになって三年後に、佐久間は独立した。

小柄で痩せていたが、その分敏捷で、スタジオでも屋外の撮影現場でも、よく動いた。フィールド・カメラや照明機材の扱いも巧みだった。師匠も佐久間を信頼していたし、現場では新井は佐久間の指示に従っていれば間違いなかった。新井は師匠よりもむしろ佐久間のほうから技術を学び、影響を受けたとさえ感じている。

その前の職場では、新井は先輩アシスタントたちからかなりいびられ、いじめられた。そこでは半年しか続かなかったほどだ。でも佐久間は、新井をいびったりしたことはない。新井の未熟さに歯がゆさは感じていただろうが、足を引っ張ることはなかったし、追い出そうとしたりもしなかった。

プライベートでも、可愛がってもらった。仕事が一段落すると、職場に近い恵比寿や目黒の、関連業界の若手が集まる店によく連れていってくれた。

一度、派手な仕事ぶりで有名な写真家からアシスタントにならないかと誘われたとき、新井は佐久間に相談した。佐久間の答は、やめておけ、と簡潔だった。その助言が正しかったことを、新井はすぐに知ることになる。誘ってきた写真家は、ほどなくしてカネや女性で問題を起こし、瞬時に業界から事実上の追放となったのだ。その男のアシスタントたちはその後、彼のもとで働いていたという事実を隠すようにさえなった。佐久間の助言に、新井は救われたと感謝したのだった。

佐久間が独立したのは、三十歳になる直前だったはずだ。二十代のうちにひとり立ちする、と佐久間は日頃からよく言っていた。三十になってまだアシスタントをやっているのは馬鹿だ、とさえ。それから十年以上、佐久間は広告写真家としてかなりの仕事をこなしていた。佐久間の独立後二年して、新井も独立した。その時期、佐久間は新井がうらやむくらい大きなクライアントの仕事を、レギュラーで持っていた。

その佐久間はある時期から、新井と会うたびに、仕事が減っていることをぼやくようになった。そもそもの件数が少なくなり、ひとつあたりの仕事の規模も縮小しているのだという。アシスタントを使っていることも難しくなった、と言ったのは、たぶん彼が四十二、三歳のことだったろう。ひとつ旅行代理店の広告の仕事を失ったというときだ。

やがて佐久間は、イタリアン・レストランを手伝うようになっていた。そこは佐久間が自分も客として通っていた店で、オーナーとは親しかったのだ。佐久間にはそこそこ料理の心得があったし、ホールの仕事もできる。その店で働きつつ、たまに写真の仕事が入ってくれば受ける、という生活になった。事務所兼住居は、恵比寿から五反田に移った。

「たとえ仕事の数は減ってもさ」と佐久間はその店を訪ねた新井に言ったものだ。「ギャラをディスカウントしたら駄目だ。安くても数をこなすことはしたくないんで、こういうふうにアルバイトしてるってわけさ」

でも、やがて彼にはまるで写真の仕事の口がかからなくなった。それがたしか十五年ほど前だ。その後、佐久間はレストランを二軒移った。いや、三軒かもしれない。新井が顔を出さないうちに辞めた店もあったと思う。調理人として専門的に訓練を受けてはいなかったから、そうした店でいい給料をもらっていたはずはなかった。同じころから、悪い酒も飲むようになった。そのうちに肝臓を壊し、一度入院して、いまの暮らしとなったのだ。

病院へ見舞いに行ったときに、佐久間は少し自嘲的に言った。

「写真家としてはいい目も見てきた。仕事で悔いはないけど、この歳で身体を壊すのは予定に入れてなかった」

「早く治して、また復帰してくれよ」

「ああ」と佐久間は目をそらして、生返事した。

もっとも、佐久間が四十代で仕事を失ったからと言って、彼がとくべつ不遇だったわけでもない。新井が二十代のころに知り合った同世代の同業者のうち、いまでも写真の仕事を続けている者ときたら、数えるほどしかいないのだ。たいがいは四十歳になる前に、将来に見切りをつけて転職していた。故郷に帰った、との噂を聞いた者の数も多い。たぶん故郷では、べつの仕事に就いていることだろう。広告写真というマーケットが、かつての三分の一ほどにも縮小してしまったせいだ。

この年齢まで業界に生き残った新井は、例外の部類に属する。そして、才能や技術が理由で生き残れたわけではないことは、なにより新井が承知していた。自分には運があったのと、他人に頭を下げることもできたからだ、と新井は解釈している。

佐久間は、十分に運はあったと思うが、それを粗末に扱いすぎた。独立してからはとくに、職人気質が強くなった。クライアントと衝突することをむしろ誇りがちだった。若いうちなら、そしてあの時代なら、それでも仕事には不自由しなかったろう。でも、不景気は長引き過ぎたし、四十歳を過ぎたクリエーターは、広告の世界では扱いにくいものになる。なにより、年下の担当者が敬遠する。外注先が年長で気難しく尊大となれば、次第に声をかけなくなるのだ。佐久間は業界の中堅どころだったけれども、大家ではなかった。自分の代わりはほかにも十分にいたのだ。

クリエーターがそのことに気づいたときにはたいてい、やり直す機会もなくなっている。

新井は、気分が落ち込みそうになったことに気づいて話題を変えた。

「いま、写真はまったく撮っていないのか？」

「母親を撮っていた」と佐久間が答えた。コンパクト・デジカメを一台だけ持っているのだという。

「撮っていた、というのは？」

「半年ぐらい前に死んだんだ。それまで、ときどき帰っては、撮っていた」彼は茨城の小さな町の出身だ。電車とバスを乗り継いで、片道二時間半かかるのだという。「東京に戻ってきたら、いいものをプリントして、次に行くときに持っていった。その程度のことでも喜んでくれてさ」

「そのデータはどこに？」

「カードの中だ。パソコン、いま持っていないしさ」

パソコンがないのだから、データを溜めておくことはできない。メモリが満杯になったら、気に入ったものだけプリントアウトし、データの入ったカードには誤消去防止のロックを入れて残しているのだという。プリントアウトしたものだけでも、五十点くらいあるとのことだった。

佐久間は首を振りながら言った。

「だけど、お袋が死んだら、もう撮るものもなくなったよ」

新井は首をめぐらして言った。

「日付のシールを貼った箱が、荷物の中にあったな」

部屋の隅に、高さ二十センチぐらいだろうか、机の引き出しほどの大きさの黒い紙箱が重ねてある。さっき持ち上げたとき、中でカサカサと音がした。紙袋とか、書類ホルダーなどが入っているような感触だった。印刷物となった作品のファイルか、と想像した。

「それは」と佐久間が言った。「プライベートで撮ってたネガや、ベタ焼きなんかだ。実家もなくなったから、ネガもベタ焼きも手元に置いておくしかなくてな。捨てるには、まだちょっと思い入れもある」

佐久間は、プライベートな写真を熱心に撮るタイプの商業写真家ではなかった。その作品を残しているということが意外だった。

「いつごろからのものだ？」

「学生時代からの」

「全部でどのくらい撮ってる？」

「せいぜい二百本だ。三十代は仕事が忙しかったから、あんまり撮ってない」

「テーマは？」

「何にもない。知ってるだろ。雑多だ」それから佐久間は弁解するように言った。「おれはプロのつもりでいたからさ。仕事でもないのに写真を撮る気なんて、ろくになかったんだ」

「見せてもらっていいか」

「ああ」

箱に貼られていたシールは、おおよその撮影年月を記したものだった。新井は、もっとも古い日付の箱の蓋を開けた。

コンタクト・プリントが大半だが、大きめに焼いたものもかなりの数あった。サイズはまちまちだ。キャビネ判程度のものから四つ切りまで。もちろんプリントはすべてモノクロだった。

最初の箱にあったのは、写真を学ぶ学生なら最初に撮るだろうと思える繁華街のスナップ、九十九里あたりの海岸、横須賀と思しき街、といったところだ。

ふたつ目の箱には、新井たちが一緒に働いていた時期の作品が含まれているようだった。新井は少し時間をかけて、プリントを見ていった。勤め先の恵比寿周辺の風景。東京湾岸。東横線沿線の街。それに、原宿あたりで撮られた若い女性たち。スナップではなく、明らかにモデルを使って撮っている作品もあった。セミヌードも少し。

正直なところ、佐久間の写真には、すぐにそれとわかるような個性はなかった。作家性を強く主張してはいないし、技術的な実験があるわけでもない。きっちりと一眼レフ・カメラを使いこなせる人間が撮った、ワイドレンズによる無難なスナップと、中望遠レンズでの甘いポートレートが多かった。

「あのころは」と佐久間が横から言った。「四×五のカメラを扱えてこそプロという気持ちがあった。三五で撮るのは、馬鹿馬鹿しかった」

新井は出てきたプリントの一枚を見て、自分の頬が強張ったのを感じた。若い女。生活感のある部屋の壁の前で、椅子を後ろ向きにして腰掛けている。ヌードだ。椅子を使わず、同じ部屋でアングルを変えたものも数カット。

撮影場所は、紗智枝の部屋だとわかった。木造アパートの一階、縁側があり、小さな庭に出ることのできる部屋。

佐久間がプリントを見て言った。

「覚えてるか。紗智枝」

「もちろん」答えた声が少しかすれたような気がした。

「じつは、何回かモデルを頼んだんだよ。ここ、彼女の部屋なんだ。四×五持ち込んで撮った。三五でも少し撮ってる」

写っている紗智枝とは、佐久間に連れられて広尾のライブハウスに行ったときに知り合った。彼女も客として来ていたのだ。当時二十代なかばで、堅い企業で働きながら、ダンスを習っていた。知り合ってから何度か三人で一緒に食事をしたり、お酒を飲みに行った。彼女の出るダンス・パフォーマンスも、自分と佐久間のふたりで観に行った。

彼氏がいる、とは知り合った日に告げられていた。だから性的な対象とは見ないでくれ、ということだ。さばさばしていて面白い子だったし、紗智枝のほうも新井たちを退屈な男とは感じていないようだった。三人はすぐに親しくなった。深夜、スタジオの車を拝借して、東京湾岸を回ったこともある。佐久間のアパートで、佐久間の作る手料理を食べるという小さなパーティをしたこともあった。そのつきあいは、夏が終わるころに始まり、翌年の梅雨に入るころに終わった。静かな、まるで劇的なところのないフェイドアウトだった。

「フォトジェニックだったよな、彼女」と佐久間が新井の視線の先を注視しながら言った。「あんがい無表情な顔がよかった。撮らせてくれと、必死に頼んだ。お前も、好きだったんじゃないか？」

「撮りたくなる子だったな」と、新井は答えをはぐらかした。

重なっていたプリントをさらに見ていった。

その束にあるのは、すべて紗智枝の部屋で撮ったものだった。ベッドの上で横になる紗智枝、浴槽につかる紗智枝、バスタオルを身体に巻いた紗智枝。Tシャツにショーツ姿で料理する紗智枝。最初に見たプリントと同じアングルで着衣のもの……。紗智枝の表情はどこか硬く、感情が読み取りにくかった。

箱の中に、クリアファイルに収められた八つ切りほどのサイズのプリントがあった。手を伸ばすと、一瞬、佐久間は何か言いかけた。それは駄目だ、と言おうとしたのかもしれない。新井は手早くプリントを引っ張りだした。

これも紗智枝のヌードだった。五十カットほどあった。ホテルの一室で撮られたものだ。彼女の部屋での写真とは違って、被写体と撮影者との関係の近さが露《あらわ》だった。もっと言うなら、アパートでの写真にはまったく感じられなかった馴れ馴れしさや関係の弛緩が、はっきりと写り込んでいた。

紗智枝の顔のアップも何点かあった。ハイキーの、ぼけたカットだ。乱れた髪の紗智枝が、放心したような目でレンズを見つめているカット。目をまっすぐにレンズに向けて微笑しているもの。目をつぶり、少し顔をそらしているカット。たぶんこれらは、固定焦点のコンパクト・カメラで、ごく間近から撮られている。

ついで出てきたのは、山中の湖の岸辺らしい風景の中の紗智枝。中禅寺湖だろう。ロングスカートにセーターの、ファッション写真ふうの紗智枝の写真だ。

新井は、つとめて平静を装って訊いた。

「この写真はどこだ?」

「日光」

日光。つきあい始めてしばらくして、紗智枝が、中禅寺湖で遊んできた、と言っていたことがある。珍しく師匠がまる二日間の休みを取ることになって、新井たちアシスタントも羽を伸ばせるとなったときだ。新井は紗智枝に、原宿で写真を撮らせてくれないかと頼んだが、その日は用事があると断られた。新井はひとりでスナップを撮ってその週末を過ごした。その後また三人で会ったときに、紗智枝は友達と中禅寺湖に行ったということをふともらしたのだ。佐久間はその二日間、近所でぶらぶらしていた、と言っていたはずだ。

「ずいぶん撮っていたんだな」と新井は動揺を隠しつつ言った。

佐久間は首を振った。

「撮らしてもらったのは、ほんの何回かだ。気がついたら紗智枝、あのミュージシャンと一緒に暮らし始めていたし」

「いつごろ撮っていた？」

「独立する前だ。あそこにいたとき」

「彼女を撮っていたなんて、知らなかった。これ、見せてもらっていないぞ」

「見せるようなものじゃなかった」

そのあと紗智枝を撮ったもの以外のプリントもざっと見せてもらった。でも、たぶんほとんど新井は上の空だった。まったく集中できていなかった。

三つの箱に収められたプリントをひととおり見てから、新井は佐久間に訊いた。

「お袋さんの写真は？」

「別にしてある」と彼は答えた。「そっちも見たいか?」

「せっかくなんだから」

佐久間は少したためらったような顔となった。照れるような、恥ずかしがっているような表情。佐久間はけっきょく、母親を撮ったプリントも取り出してきた。黒い箱ではなく、家電店の袋の中にまとめられていた。

佐久間は、家族のことはろくに話題にしたことのない男だった。でも写真には、老齢の母親への素直な愛と慈しみが感じ取れた。視線に、屈折や意地悪さはまったくなかった。新井は一枚一枚、驚きつつ見ていった。

見終えてから、新井は佐久間に提案した。

「佐久間さ、作品、なんとかまとめるべきだとおもう。おれにやらせてもらえないか」

少し急《せ》き込むような調子の言葉となった。

新井は続けた。佐久間が撮った母親の写真は、ファミリー・ポートレートとして十分に他人にも観てもらえるだけの質のものだ。母親の写真を中心に、写真を撮り始めたころの作品から見せる写真集を作るべきだと。

「カネはないよ」佐久間は首を振った。「自費出版なんて、無理だ」

「いや、電子版という手がある」

新井は、わりあい最近覚えた知識で言った。

電子版の出版なら、印刷物としての写真集の制作とは違って、費用はさしてかからない。編集やリリースするためのアカウントの取得手続き、アップロードの作業など、実務は全部新井がするからと。

最初のうち佐久間は、自分がプライベートに撮っていたのはそれほどの水準の写真じゃない、と渋っていた。でも、もちろんその言葉を真に受ける必要はなかった。新井が話しているうちに、彼は少しずつ乗ってきた。

新井は、ふと思いついた、と言うようにつけ加えた。

「紗智枝を撮ったものも、いれなきゃならないな」

佐久間は困惑顔となった。

「あれはやばくないか。とくにあとのほうのは、ちょっと公開は無理ってカットがあるからな」

「いまなら、大半のものは公開できるよ」

「それに、本人にも承諾をもらえない」

「どうして？」

「消息を知らない。それにこれを撮ったときは、何かに発表するとか、断ってなかった」

「いや、プロの写真家が撮影させてくれと頼んでいるなら、発表が前提ってことだよ。まして、四×五でも撮ってるんだろ。発表を承諾してるってことだ。契約書がなかったにしても」

この場合の、モデルの肖像権の扱いがそれでいいのか、正直なところ確信はなかった。ただ、撮影した状況が盗撮ではないのだし、カメラ目線のカットも多い。公序良俗に反するような写真でさえなければ、写真家が個展や作品集で発表しても、問題はないのではないか。それに、幸か不幸か、佐久間がむかし撮ったヌード写真を発表しても、世間的にはほとんど話題にはならないだろう。モデルが誰か詮索されることも想像できない。

「そうかなあ」と、佐久間は疑わしげに言った。

「あれ抜きでは」新井はなおも言った。「写真家佐久間潔の全体が見えてこないと思う。紗智枝と、お袋さんの写真が入って、この写真集は完全になる。時間がつながる。流れの中で、カットの意味が見えてくる。はずす理由がわからない」

佐久間は少し考えた様子を見せてから言った。

「ほんとにまかせていいのか？　裕也が、全部やってくれるのか？」

「やるって」新井は、おおげさなくらいにうれしそうに言った。「カット選びから、やらせてもらう。ネガとプリント、預けてもらっていいな？　とりあえずスキャンするから」

「ああ。だけど、セレクトは自分でやりたいな」

当然の希望だった。

「じゃあ、それはおれの仕事場でやろう。体調のいいときでいい。スキャンしたものの中から、パソコンで選んでいくっていうのはどうだ？」

「構成も決めていけるか」

「レタッチも自分でする？」

佐久間は、定番画像処理ソフトの名前を出した。

「……なんて、もう使いかたも忘れた」

「カットを選ぶときに、指示してもらえればやるよ」

「裕也の手間を考えると、あんまりページ数の多いものにはできないな。どのくらいになると思う？」

「二百カットくらいが適当かな」

「それだけの数、選び出せるかな」

「ざっと見て、十分だと思った」

「撮影データもひとつひとつつけなきゃならないかな。使った機材、ひとつひとつ覚えていないかもしれない」

「いま話した電子版の写真集は、一ページごとにキャプションは入れない仕様なんだ。あとがきに、おおよその撮影時期や場所、使用機材などをまとめて書いてくれ。この原稿は、お前にお願いする」

「カットを選んでからだな」

「そう」

「やってくれ。いや、やろう、か」

話は決まった。

「スキャンが全部終わったところで、電話するよ」

中目黒にある新井の仕事場まで来てもらって、ふたりでカットを粗選びすることになる。

「スキャンが終わるの、いつごろになる?」と佐久間が訊いた。

彼は健康不安を抱えている身だ。あまり先のことにするわけにはいかなかった。新井は自分の仕事の予定を思い浮かべてから、ひと月以内に、と答えた。佐久間は、一瞬だけ残念そうな表情となった。そんなに時間がかかるのか、と感じたのだろう。でも、新井にしてはこれが精一杯のところだ。

カットの粗選びのあとも、たぶん新井は何度か佐久間のこの部屋にやってくることになるだろう。

新井は佐久間に手伝ってもらい、黒い箱三つと、家電店の紙袋を、自分の車を駐めたコイン・パーキングまで運んだ。

自分の車の運転席に身体を入れてから、新井は佐久間に言った。

「くれぐれも、身体大事にしてくれな」

「わかってる」と佐久間がうなずいた。

新井はコイン・パーキングから車を発進させた。

それが四カ月前のことだ。


新井が部屋の中に入ると、彼はサイドテーブルの上のものをよけて、タブレットを置くスペースを作ってくれた。

佐久間は、ひと月前、最後の確認で新井の仕事場にやってきたときよりも、少し痩せているように見えた。白目の部分も黄色みが強くなっている。

佐久間が訊いた。

「何件ダウンロードされたかって、もうわかるのか?」

新井は笑って答えた。

「サインインして、レポートを見れば。だけど、まだ告知もしていないんだ。ゼロでおかしくない」それからつけ加えた。「ひと月後くらいに集計されて、ロイヤリティがふた月ぐらいあとに口座に振り込まれる。そっちでも売れた数がわかる」

「定価、いくらにしたんだっけ？」

「けっきょく八ドルって定価をつけた。一冊売れたら、そのうちの七〇パーセントが佐久間のものだ」

「五ドルくらいか？」

「おおよそそんなところ。だけど、売れることはあまり期待しないほうがいい。何度も言ったけど、この写真集、買ってもらうためというよりは、アーカイブのつもりで作ったんだから」

「おれの仕事の集大成ってことだな」

新井がうなずくと、佐久間は寂しげに言った。

「裕也が作品集を出したときは、うらやましかったぞ」

「最初のあれは、自費出版のようなものだったよ」

「いくつだった？」

「三十四か、五のときだった」

「若いときは、広告写真なんて、クライアントに好きなように使われて、時代に消費されればそれでいい、と思っていたんだ。自分が選んだ写真のジャンルって、そういうものだってな。だけど裕也が出したときには、自分の信念が少しぐらついた。いままで手元に置いていたのも、自分が残すならこっち、という気持ちがあったからなんだろうな」

どう反応したらいいかわからなかった。言葉を発する代わりに、新井は持参してきたお茶のペットボトルを佐久間に渡した。

「見せてくれ」と佐久間がせがんだ。

新井はタブレットの電源を入れ、彼の作品集を画面に呼び出した。

タブレットの画面に、電子版の写真集の表紙が現れた。

タイトルはこうだ。

a recollection

Kiyoshi Sakuma

表紙に当たるページの写真は、モノクロームの老年の女性の顔のアップだ。ごま塩まじりの髪。小紋模様のブラウス。かすかに微笑している。撮られることを喜んでいる表情だった。あるいは自分に向けられている視線に、幸福を感じているかのようだとも言える。無警戒で、無防備だ。一年ほど前に亡くなった佐久間の母親。

佐久間は右手の人差し指で画面をフリックした。二カット目も、佐久間の母親の写真だ。仏壇を背に正座する母親を、真正面から記念写真のように撮っている。

新井は佐久間が写真集を眺める様子を見ながら、自分のトートバッグからスポーツドリンクのペットボトルを取り出し、キャップを開けた。

佐久間が、全部見終えてから新井に顔を向けて言った。

「裕也には、ほんとに面倒かけた。お前にはいろいろ迷惑かけっぱなしだよな。すまない」

新井は首を振った。

「そんなことはないよ。水臭い」

「作品集を出すことなんて、半年前には考えてもいなかった」

「ほんとうなら、印刷するのがベストだとは、おれも思うんだけどさ」

「いや。こういうタブレットの透過光で見る写真もいい。おれにも冥土の土産ができた」

「そういう言い方はやめてくれって。それより早く肝臓治してよ」

「お前には何の得にもならないことに、こんなに時間取らせてしまって」

佐久間はまた表紙に戻って自分の作品集に見入り始めた。

新井はペットボトルをまた自分の口に運んだ。

お前には何の得にもならない？

いや、そんなことはない。自分は預かったネガとプリントから、紗智枝が撮られたものをすべてスキャンした。きちんと数えてみると、全部で百八十カットあった。そのデータを再構成して、PCの中にフォルダを作ってまとめたのだ。フォルダのタイトルは、リコレクション、とした。そのことは、佐久間には伝えていない。

それ以来、ときおり仕事場でひとり、酒を飲みたくなったときなど、新井はPCの画面にそのフォルダの中身をスライド・ショーで流すのだ。彼女自身の部屋で写されたものと、日光で撮られたより私的な写真を。

彼女の部屋は、自分も知っていた。一度紗智枝と示し合わせ、佐久間には内緒で泊まったことがある。佐久間の写真を見て、そこが紗智枝の部屋だとすぐわかったのはそのせいだ。でもあの夜、自分は紗智枝を撮ってはいない。自分は紗智枝とはその晩だけしか共に過ごしていないが、あのときたった一カットの写真さえ撮っていなかったのだ。そんな状況で写真を撮ることは野暮だという想いがあったし、なにより紗智枝に拒絶されることを心配した。彼女は、写真に撮られることを無邪気に喜ぶような女じゃない、という雰囲気を強く放っていたから。

あれから長い年月を経て、自分たちは三人が三人、みな、互いに等距離を保つ、という黙契を破り、禁忌を犯していたのだと知った。だからといって、佐久間にも紗智枝にも嫉妬を感じないし、裏切られたという想いもない。なにより自分自身が、佐久間を出し抜いている。そうでありながら、自分はむしろあの関係を好ましく、愉快なものとして思い起こしている。

たぶんきょう、佐久間のこのアパートから帰ったあとも、新井は電子版のその作品集を眺めるだろう。少しだけ先のことを予測して言えば、いずれ自分が喪主となって佐久間の密葬を執り行う日にも、新井は同じ作品集を開いて見つめることになる。いやその密葬では、柩を覆う白い布に、この作品集をスライド・ショーとして投影するかもしれない。自分の二十代と、あの時代と、あの世界の空気を追憶するために。誰にも憚ることなく、感傷に浸るために。あのころ自分が持っていた関係を回想するために。

それはたぶん、佐久間に続き、いずれ職業写真家としての自分を葬るための、心の準備作業にもなるはずだ。

「な」と、佐久間が言った。「こういう日、悪いことをしてもいいかなって気分なんだけど」

「なんだ?」新井は佐久間に顔を向けた。

佐久間はいたずらっぽく笑って言った。

「酒を飲むことさ」

全然悪くない、と新井は思った。たとえ医師が厳禁していようと、きょうは佐久間はうまい酒を飲んでいい。自分もだ。

時差もなく

そのメッセージが来ることを、ある時期から村井裕一は期待していたはずだ。自分が参加しているSNS上に、あなたの知り合いかもしれません、と表示が出るようになってからだ。

仕事上のつきあいのある知人の友人として、その名を見ていた。苗字は変わっていたけれども、職歴の中に村井がかつて在職していた企業の名があった。いや、なによりプロフィール写真が彼女のものだった。記憶よりも三十年弱成熟しているけれども、まちがいなくそれは、自分がいっとき、机をほとんど並べて働いたことのある女性の写真だった。

「突然で失礼します」と彼女は書き出していた。「──で同じころ働いていた森歩美です。結婚して姓は山下と変わっていますが、村井さんの名前をここで見て、懐かしくあの頃を思い出していました。ご迷惑でなければ、お友達になっていただけませんか。わたしはいま主人の都合でローマに住んでいて、ごくたまにしか日本には帰らないのですが」

彼女とは、村井裕一が六年勤めた通信機器メーカーの宣伝課で一緒だった。ふたりとも、その企業のいわゆる文化支援事業を担当していた。メセナ、という言葉はまだ一般的ではなかったけれど、概念も実体もすでにあって、先端的な企業はそれを手がけていた。そういう時代だ。製造業という業種の企業の中では、もっとも派手で華やかな印象があるセクションだから、それだけ周囲のやっかみも多かった職場にいた、ということでもある。

裕一は美術大学で美術史を学んでいたことでその部署に中途採用され、森歩美は英語力を買われて総務部から異動していたのだった。

彼女は裕一より一歳年上で、職場でも彼女のほうが一年先輩だった。裕一と同僚であった期間は三年と少しだ。ちょうど世の中が、バブルの絶頂に向かって狂騒の度を高めていったさなかだった。森歩美は、バブルがはじけ始めたすぐ後に、依願退職していた。

辞めたとき、彼女は二十九歳だったはずだ。その年齢の女性が退職するとなれば、職場では彼女は結婚するのだろうと噂されるのがふつうだったろう。でも彼女の場合には、そんな噂は皆無だった。辞めていく理由を、職場の誰もが承知していた。その職場に異動してきた中間管理職が、彼女をいびり出したのだ。村井は彼女が辞めるまでの過程の一部始終を、身近で見ていた。

村井は森歩美の友達申請を即座に承認して返信した。

「ごぶさたしています。わたしも森さんの退職のあと半年ほどで勤めを移りました。今年ようやく宮仕えを終えて、小さな画廊を開いたところです。森さんがヨーロッパで活躍していることを、美術の専門誌や業界紙を通じてなんとなく知っていました。よろしくお願いします」

少しよそよそしい文面になったことは意識した。でも、三十年近くも音信不通、年賀状のやりとりさえなかった異性には、どんな文章を送るのがふさわしいのかわからなかった。そもそも同僚だった時期だって、裕一は森歩美のことを有能な先輩として敬意を払い、けっして馴れ馴れしくなることなく接していたのだ。その距離感は、いまでも必要なものに違いないはずだった。

森歩美からはすぐに返信があった。

「おかげさまで、自分が好きな分野のことを仕事にできています。村井さんがあのあと、退職したことも耳にしていました。当時のひとたちとはまったくおつきあいはないのですが、村井さんは誰かと会ったりしています?」

森歩美が誰のことを気にしてそれを質問してきたのかわかった。裕一は書いた。

「いえ、あの職場のひとたちとは、その後はほとんどつきあいはありません。わりあい近い業界にいたつもりですが、消息を聞くこともなくなってしまいました」

もちろんあの会社の違う部署には、何人か酒を飲むぐらいの友人はいたのだが。

ヨーロッパでは午後一時になったところだった。メールしやすい時間帯のせいか、その日のやりとりはまだ少し続いた。森歩美は書いていた。

「村井さんも、ときどきはヨーロッパにいらしているのですよね? 近々予定なんてありませんか? いつかぜひ、ローマでおいしいお店などご案内させてください」

当時の森歩美や裕一の仕事ぶりを知らない相手が読めば、嫌味にも感じる文面かもしれなかった。しかし裕一は、そのやりとりが森歩美のある種の凱歌なのだろうともわかった。これだけの時間が経ってみれば、職場を追われた自分のほうがむしろ、あの仕事の延長線上にあるべき人生を享受してきたと。それを互いに確認する意味合いのメッセージと受け取れた。わたしたちは、生き延びたんですよね、と。森歩美の友達申請にはその目配せがある、と裕一は理解した。

裕一はそのあと、森歩美のSNSに入って、彼女の投稿を少し時間を遡って読んだ。

森歩美は、さほど投稿の頻度が多いわけでもなかった。ひと月に二、三本あるかないかだ。たいがいはヨーロッパでのコーディネートの仕事が終わったところでの報告であり、ときたま人生の節目のイベントの話題が入った。社交生活や業界の有名人との交流の話題などあってもしかるべきとは感じたが、それはない。夫君の仕事についてはまったく触れていなかった。テーブル・

フォトの投稿は少なかったけれども、市場に買い物に出かけたことの投稿は、一年のあいだに三本か四本あった。総じて言って、ローマで暮らして美術業界の仕事をする日本人女性のSNSとしては、話題はごく控え目だった。暮らしぶりの自慢とならないように、かなり気を使っているのだろうと受け取れた。

彼女自身が写った写真もほとんど投稿されていなかった。何点か、ローマ市内とか旅行先で娘と一緒に写ったものがある程度だ。

ローマの美術館のロビーで写っている彼女が、裕一の記憶にある森歩美の印象にいちばん近いものだった。その写真では、森歩美は黒いスーツを着て、クラッチバッグを小脇に抱えている。添えられた文章では、その美術館で行われた企画展のレセプションに、日本人関係者を案内したときのものだという。

森歩美は背が高く姿勢がよかったから、一緒に仕事をしていたときも、スーツ姿が似合う女性という印象が強かった。投稿のその写真を見れば、退職後もスーツの似合う女性であることは変わっていないのだ。

スーツが似合うのは、髪形のせいもあるのかもしれない。あの当時、社内の女性社員の大半は髪を伸ばし、前髪の部分だけニワトリのトサカのように上に撥ね上げていた。一方、森歩美は髪を肩にかかるかかからない程度で切って、横に分けていた。顔は逆三角形の鋭角的な輪郭であったし、額が広いせいもあってか、森歩美は知的で有能そうに見えた。そしてじっさいにそのとおりで、仕事ができたのだった。当時のその髪形を、森歩美はずっと変えていないように見えた。

彼女の英語力については、宣伝課全体が一目置いていた。同じフロアの誰かに英語で電話がかかってきたとき、受けた者が大声で森歩美に助けを求めたところを、裕一は何度か目撃している。大学時代にひと夏、イギリスのサマースクールに入った経験があると話していたが、そこで身につけた程度の英語力ではなかった。あのころは社員に英語検定を受けさせることはあまり一般的ではなかったけれど、社内の基準でも彼女はいつでも海外ブランチ勤務ができるだけの実力を持っていただろう。

裕一は、その日のネット遊びが終わったところで書棚に寄り、古いアルバムを探した。ネガフィルムで撮っていたころ、プリントしたカラー写真を同じサイズでファイルしている。アルバムの背には、撮影年を記入してあった。裕一は、三年分のアルバムを取り出した。

1989　1990　1991

自分があの宣伝課にいたころのものだ。裕一が自分で撮ったものは、プリント全体の半分程度だ。残りは同僚の誰かが撮って、裕一にくれたものだ。

オフィスで撮った写真の中に、彼女も写っているものが数点あった。森歩美は、デスクの同じ島の、ひとつあいだを置いた左の席にいたのだった。

社がスポンサーとなった文化イベントでの写真も、何点もあった。森歩美は黒っぽいスーツを着ているときもあれば、会社の制服姿のときもある。フォーマルなドレスを着ている写真もあった。裕一とふたりで写ったショットもある。当然ながら自分もスーツで、だいたいが自分は森歩美の横でおどけた表情をしていた。

社内の慰安旅行で河口湖に行ったときのものもあった。その慰安旅行では、森歩美は珍しくアウトドア・ジャケットにジーンズ姿で、キャップをかぶっていた。プリントの日付を見た。彼女が会社を辞める少し前の三月の撮影だった。

もう一度、彼女がキャップをかぶったプリントを見つめた。裕一が撮ったものではない。あとになってから、写真好きの同僚がくれたものだ。その写真では、彼女は両手をジャケットのポケットに入れている。声をかけられてふっと首をめぐらし、カメラを見たような姿勢のショット。湖面を背にして、彼女の表情は寒そうであり、硬かった。不意を突かれて、表情を作る余裕もないままに内心をさらしてしまったというカットに見えた。

森歩美が退職したのは、この慰安旅行からさほど経たない時期だ。彼女が辞めた理由は、あの男にあった。自分たちにとっての新しい上司。仙台からやってきた男。その男が、彼女を退職に追い込んだのだ。

職場での写真の中に一枚だけ、問題のその男が写っているものがあった。イベント会場で、裕一と同僚数人が写っているカットの後ろのほうに、その男がいた。ラグビー選手のような体格で、強《こわ》そうな髪を七三に分け、濃紺のスーツを着ている。有笠史孝。森歩美が退職したとき、彼は三十二歳か三歳だったはずだ。

その前年の春、職場で大異動があって、仙台営業所の所長が裕一たちのセクション、経営企画本部宣伝課の課長として赴任してきた。彼は、仙台営業所に出入りしていた印刷会社の営業マンの有笠を現地で中途採用し、完全な子飼いの部下としていた。そして大異動のときに、彼は有笠を連れて本社に戻ってきたのだった。上に対しては、自分は宣伝も広報も門外漢で何もわからないが、有笠は広告について知識も経験もある。自分を補佐して宣伝課の仕事をこなしてくれるだろう、と説明があったという。その新しい課長は仙台営業所でめざましい実績を挙げていたから、本社呼び戻しの際にその希望が通ったのだった。

　有笠は、裕一たち九人が働く部署の責任者となった。宣伝課の中の、文化支援室という小セクションだ。組織表では室長と呼ばれる管理職が別にいたのだが、ほとんど実務は担当しない。実質的に有笠が裕一たちの上司となったのだった。チーフ、と裕一たちは彼を呼ぶことになった。有笠はブランドもののスーツを着こみ、システム手帳を手にして、着任最初の日の会議に登場した。

　有笠は、部屋の全員を前にしてのあいさつの途中で、いきなり部下のひとりを怒鳴った。

「話を聞け！」と。

　怒鳴られた若手は有笠のあいさつの途中、よそ見をしたか、煙草に手を伸ばしたのだろう。彼はまばたきしながら、煙草をテーブルの脇によけた。

　裕一は、これほどあからさまに、いきなり序列を示威する人間を見たのは、少なくとも成人してからは初めてだった。

　やって来る前から、有笠は専門知識のある男と聞いていたから、彼がおよそ宣伝やメセナ事業には疎いことに裕一たちは驚いた。彼は当時の著名な広告ディレクターの名前を知らず、現代アートにはまったく素養がなかった。音楽を聴く習慣がなく、行ったことのある外国は韓国だけだった。

　ひとことで言えば、裕一たちのセクションを引っ張って行くには、有笠には決定的に素養と経験が欠けていた。初めのころ、打ち合わせの席であまりにも彼がとんちんかんなことばかり言うので、部下たちが赤面してうつむいてしまったことも一度や二度ではなかった。たとえて言うなら、コンテンポラリー・ダンスのステージに、盆踊りしか知らない踊り手が上がってしまったようなものだった。もしそれを指摘すれば彼の人格を侮辱したように聞こえるだろうと、誰も何も言えなくなってしまうのだった。

もし有笠が、部下の時間管理や経費の処理だけ見るという役割に徹してくれるなら、まだ裕一たちにもやりようがあったろう。でも彼は、裕一たちの実務にまで首を突っ込み、責任者として実績を積み上げようとした。そしてそのたびに裕一たちを当惑させ、混乱させて、最後には誰か部下による後始末に頼ることになるのだった。

ほどなくして、有笠は東京に来るまでそのブランドのスーツを着たことがなく、システム手帳も使ったことがなかったのだとわかった。東京勤務のために、あわてて男性雑誌が特集するような、できるサラリーマンの衣裳や小道具を揃えたようだった。彼が持つ革のビジネスバッグの中には、カバーをかけたビジネスマン向けハウツー本と、東京のレストラン・ガイドが入っていることも、すぐに知られた。

それでも九人いる部下の中には、有笠と折り合いをつけるよう努力する者はいた。逆らわず、嘲笑うことなく、露骨に誤りを指摘することもなく、なんとか有笠の顔を立てながら日々の仕事をこなしていこうとする部下が。しかし裕一には、それができなかった。有笠は場違いな社員だと思っていると、たぶん顔や態度に見せてしまっていただろう。指示や命令の理不尽さや誤りには、ひと前でも遠慮なく反論したし、助言もした。有笠がそれをいちいち苦々しく感じていることも承知だった。

裕一のほかにもうひとり、有笠に完全に嫌われた部下がいた。それが森歩美だ。

彼女は裕一と違って、侮蔑を顔に出したり、ミスを指摘したりしたわけではない。けっして表情を変えることなく黙って指示を聞いたし、彼女の責任でトラブルを回避する努力もしていた。裕一の知る限り、ある時期まで彼女は仕事上で大きなミスを犯したこともなかったはずだ。少なくとも退職を求められるほどのものは。

でも有笠には、森歩美はまったく反りが合わないというタイプだったのだ。同じ職場にいるだけで、自分の無能さや無教養ぶりを意識しなければならない、とでも感じていたのだろう。じっさい彼女の卒業した大学、持っている仕事に必要な専門知識と素養、語学力、仕事の実績、人脈、着こなしや生活のセンスといったものすべてが、どれも有笠には太刀打ちできないものだったのだ。有笠がどれほど努力しようとも到底かなわないだけの文化的資産を、森歩美は身につけていた。

ある時期から裕一は、有笠が攻撃と排除の対象を、自分と森歩美に絞っていったと感じるようになった。有笠は裕一と森歩美を職場から追放することで、専制支配を目論んでいた。いいや、と言う同僚もいた。やつが望んでいるのは、部屋の専制支配に留まっていないよ。どういうことだと裕一が訊くと、その同僚は答えたものだ。

やつは役員になることを目標にしているよ。

言われてみれば、たしかに有笠はそれだけの野心を持っていたのだろう。いきなりあれだけ敵を作りながらも、自分の実績を出そう、積み上げようという意欲は、幹部たちの目にはずいぶん好ましいものに映っていたはずだ。

彼はまた、部下に対してのみならず、出入りする業者に対しても厳しく臨んだ。癒着は許さないと宣言し、小さな発注にも必ず相見積もりを取ることを求めた。無償の提案や試作を、業者を集めて求めたこともあった。ときたま裕一が、それは業界慣習からはずれている、と助言しても無視された。自分はこれでやってきたと。

ある広告代理店の営業マンから、裕一は泣きつかれたことがあった。要求が厳しすぎて、利益が出ませんと。裕一にも、対処すべき方法が見つからなかった。発注は有笠の承認なしにはいっさいできなくなったのだ。有笠が上司となって四カ月目には、つきあいの長かった業者の半分が入れ替わった。切ることは不可能だった業界最大手の広告代理店は、それまでとは別の課が担当することになった。当然、仕事はぎくしゃくすることが多くなり、イベントなどでは現場で混乱が頻発するようになった。

生き残った広告代理店の営業マンが、有笠を相手になんとかやっていく方法を教えてくれたことがあった。

「接待しかないですよ」と、その営業マンは吐き捨てるように言った。「いかにもお洒落なレストランやカフェ・バーにご案内してるんです。使ったばかりのモデルなんかを呼んでね。あのひとには、それが何より効くとわかりましたよ」

職場は品川にある本社ビルの四階にあった。数年のあいだにひとが増えたセクションだったから、大部屋の一部を使うのではなく、そこだけ独立したスペースにデスクが押し込められていた。そのスペースの入り口脇にはさらに、資料室や会議室として使われている小部屋が三つあった。裕一は電話に出ずに仕事に集中したいときなど、三つ並んだ小部屋の端の資料室にこもることがよくあった。当時、裕一が担当していたのは、文化活動の資金支援と協賛事業で、書類を精査することが多かった。また一日に二件ぐらいは、申請者との面接があった。

有笠がやってきて半年目くらいだったろう。現代アーチストの顕彰事業で、森歩美が東京でのイベント一切を担当したことがあった。というか、彼女は三年以上続けてその事業に携わっており、その年は完全に現場の責任者となったのだ。ホテルの宴会場でまず表彰式があり、本人の講演と、懇親のレセプションが続くという、わりあい形の決まったイベントだ。大部分は運営業者にまかせていいことだったが、このとき森歩美は現場にいた。レセプションの受付業務でトラブルが起こり、森歩美はコンパニオン派遣の業者の不手際を咎めた。コンパニオンの女性は、猛烈に反発した。その業者の女性担当者が有笠に抗議にやってきた。何か事情があって、長いつきあいのある業者だったから、クライアント側である宣伝課に対しても、いつも強気で対応してくるのだった。

このときのやりとりを、裕一は資料室ですっかり聞くことになった。三つの小部屋はきっちりとした壁で分離されていたわけではなく、天井部分に隙間のあるパーティションで分けられていただけなのだ。

女性担当者が森歩美の現場での仕切りかたについて、それまでのことまで含めて苦情を言っていた。ただその業者は、使っている女性の質が落ちたようだとは、課内でも語られていた。好景気の真っ只中だったから、イベントに派遣される若い女性の数がまったく足りなかった。敬語も使えない女性をかき集めていると、業界全体でも問題になっていた。

裕一は現場に立ち会ってはいなかったけれど、森歩美が女性たちに直接指示をしたというレセプション会場がどんな様子だったかは想像がついた。その業者からの苦情のほうに無理があったと思ったのだ。ところが聞いていると、有笠は珍しいことにその業者の言い分に共感を示し、謝罪したのだった。なんとかすると。

翌日、朝の会議で有笠は業者から苦情があったことを伝え、森歩美に対して、以降のイベント事業では、絶対に業者の領分に踏み込まぬよう指示した。打ち合わせを徹底すればトラブルは起きないのだから、と彼は言った。

森歩美は一瞬だけかすかに驚いた様子を見せたが、不平は言わなかった。

それ以降、有笠の森歩美いびりは露骨なものになっていった。火曜日の会議の席では毎回、必ず森歩美のミスについて叱責があった。トラブルの理由をくだくだしく三十分以上もかけて追及することもあったし、彼女の退社が早すぎると咎めたこともあった。退社間際に、急ぎの報告書の作成や資料のまとめを命じた場面を、裕一は何度も見てきた。森歩美が退職するよう追い込んでいると、誰の目にもはっきりわかるようになった。

この忙しさの中で部下をひとり追い出してどうするのかと裕一たちが話題にしたところ、例の広告代理店の営業マンが教えてくれた。

「有笠さんは、新しい部下を自分で採用しようとしているみたいですよ」

わけがわからずに裕一は訊いた。

「新しい部下って?」

「部署に欠員が出たら採用するって、知り合った女の子に約束してるみたいです」

ひとりひとを増やすことが、チーフ・レベルでそんなに簡単にできるものかどうか疑問だった。

でも彼自身が、仙台営業所長の目にとまって引き抜かれた社員なのだ。自分の権限ならできるという確信があるのかもしれない。いや、宣伝課長とはすでにそういう流れで話が進んでいるのかもしれなかった。

　裕一は確かめた。

「それって、どういうところで知り合った女の子なんだろう」

「イベントで。そのあとの女の子たちとの打ち上げで、約束してたようですよ」

「イベントで使った女の子たちとの打ち上げなんて、うちではやらないけど」

「有笠さんの強い希望があったんで、うちが店を設定して、経費を持ちましたよ」

　年が明けて、河口湖での慰安旅行のあと、裕一は有笠が森歩美を難詰し、罵倒するのを一時間以上聞くことになった。裕一が資料室にこもっているときのことだ。有笠は、あれだけいびってもなかなか退職願を出さない森歩美に対して、いわば引導を渡す手に出たのだろう。金曜日、退社時刻が過ぎてから、有笠がすでに着替えを終えた森歩美を会議室に呼び出したのだ。

　聞いていると、有笠は自分が着任して以来の森歩美の仕事ぶりを、驚くほどの細かさで取り上げては非難し始めた。曰く、企画内容は凡庸だし、何も新鮮さを感じない。運営のミスは多いし、ミスを犯しても他人のせいにする。報告も不徹底。関連業者とはトラブルばかりであり、経費の使い方にも疑問が出ている。社内の関係部署からも、森歩美の仕事ぶりに対しては苦情が多く、上はその対応に苦慮している。自分の社会人としての資質や、仕事への適性を考えたらどうか、といった具合だ。

小一時間経っても有笠のそのいびりは止まる気配がなかった。同じことを、壊れたレコードプレーヤーのように繰り返しているのだ。最初、一回目については森歩美は、申し訳ありません、今後は気をつけます、と謝っていた。二度目からは、彼女は返事をしなくなった。裕一の耳には、ただ有笠の言葉だけが聞こえてきた。壊れたプレーヤーは、森歩美の反応など頓着することなく、三度目四度目の繰り返しに入った。

途中で心配になった。

もしや森歩美は泣いている？

そうであれば、止めに入ろうかと考えた。あちらの会議室にいきなり入っていって、チーフちょっとご相談が、とでも言うか。それがしらじらしいならば、逆に森歩美に声をかけるのだ。そろそろ出よう、間に合わなくなると。有笠には、社の営業本部の連中との会食があるとでも言ってやるか。有笠は、社内の別セクションが関連してくるとなれば、それ以上の森歩美いびりは中止にするはずだ。

でも、間に合わなかった。有笠の言葉が途切れて少し間が空いたので、すぐに資料室を出てその会議室に飛び込んだのだが、有笠しかいなかった。

有笠は裕一の顔を見て、すぐに気づいたようだ。

「聞いていたのか？」

「最初から全部」と裕一は答えた。

「ひと前で叱るわけにはいかないから」と有笠が弁解した。

「いいんですよ」と裕一は言ってから、脅してやった。「次に採用するって子、有能らしいですね」

有笠は目を見開いた。裕一はすぐに会議室を出た。森歩美を追うためだった。エレベーターホールにも森歩美の姿はなく、一階のロビーにもいなかった。

翌週月曜日、森歩美はいつもと変わらぬ顔で出社した。しかしその日の夕方に、課長が宣伝課員全員に対して、森歩美が個人的な事情により退職すると告げた。その週いっぱいは出社するので、引き継ぎをそれまでにすませてしまうようにと。

その日、森歩美がいないところで、有笠からも室員に対して指示が出た。送別会を開くな、というものだ。その指示はまるで、じつは不祥事が理由の解雇なのだ、と言っているようにも聞こえた。いや、じっさいそう受け取らせるための指示だったのだろう。

それでも彼女の出社最後の日、定時となる直前に裕一は森歩美に職場で声をかけた。

「もしよかったら、一緒に食事をしませんか？　このままさよならというのも、おかしなものだから」

職場の私語がぴたりとやんだ。誰もが森歩美の答に聞き耳を立てた。

森歩美は一瞬驚きを見せたけれども、つぎの瞬間、うれしそうに言った。

「行きましょう！　わたしから誘わなければと思っていたんです」

「下で待っていますね」

「ええ」

そして彼女は、着替えるためにオフィスを出ていったのだ。

じっさいには、その日は食事をすることができなかった。彼女は職場の面々の手前、とりあえず誘いを受けたふりをしてくれただけなのだ。ビルのロビーを出たときに、森歩美は謝ってきた。

「ごめんなさい。きょう、じつは父と食事をすることになっているんです」

「ああ」かなり落胆したが、定時間際に誘う裕一のほうが悪い。「いいんです。お父さんが優先だ」

「誘ってもらって、うれしかった。ありがとう」

裕一たちは、交差点まで歩きながら話した。

「みんな薄情すぎる」

「いいんです。わたしも、このほうが気持ちがすっきりする」

「このあと、どうするんですか？」

「明日からってこと？」

「ええ」

「したいことがいくつかあるの。それをしようと思う。村井さんは、辞めたあとは？」

「ぼくは、辞めるなんて言いましたっけ？」

「辞めるものだと、みんな思っていますよ。あたしのほうが先になってしまったけど。辞めないの？」

裕一は、認めるしかなかった。

「求職活動中なんです。いいところが見つかって決まれば辞めます」

「違う仕事？」

「いいえ。同じ業界の中で生きます」

「頑張ってください」

「森さんも」

森歩美はそこで裕一を見つめ、少しのあいだ裕一の目から何かを探ろうという顔をしていた。裕一は、これがお別れになってしまっていいのかどうか、戸惑っていた。自分は彼女の住所も電話番号も知らない。これから連絡を取ることはできない。これっきりでいいのか？　どうする？

決められないうちに森歩美が微笑した。

「じゃあ、お世話になりました。ほんとにありがとう」

裕一がうなずくと、森歩美はくるりと身体の向きを変え、コートの裾を翻して、大通りを渡っていった。

それからほぼ三十年が経ったのだった。


裕一がその勤め先を退職したのは、それから四カ月後のことになる。裕一の置かれていた状況に気づいていた広告代理店が、うちに来ませんかと声をかけてくれたのだ。裕一はありがたくその話を受け、退職したあとひと月だけは骨休みと決めて、ヨーロッパを二週間旅行した。

裕一は新しい職場の文化事業支援部門で十一年働いた後、不動産企業の私設美術館に移った。そうして五十歳になったところで、千駄ヶ谷に小さな画廊を開くに至ったのだった。それまでの経験と人脈を生かした独立だった。

ＳＮＳを使うようになったのは五年ほど前からだ。始めたときは、こうした関係の回復にも使えるサービスだとは想像もしていなかった。自分の仕事の広告、宣伝活動に使えるだろうという期待だけでアカウントを持ち、始めたのだった。

だからきょう受け取ったメッセージは、自分がＳＮＳを始めて最高にうれしいもののひとつだった。ほぼ三十年間、自分は何もできなかったと悔恨や罪障感を抱えたままでいたが、消息も知らなかったその相手女性から、メッセージをもらったのだ。たぶん今後は実人生でも、関係が復活するのではないか。森歩美が誘ってくれたように、ローマで、あるいはヨーロッパのどこかで再会するのでもいい。自分はその再会を、気持ちのよい時間にすることができるという確信もある。その再会の時間のよさは、それぞれが生きた時間のよさだ。

裕一は仕事部屋でノートＰＣの電源を切ろうとして、ＳＮＳに新しいメッセージが来ていることに気づいた。開いてみると、森歩美からだった。あちらはまだ午後の早い時刻かと考えつつ、裕一はそのメッセージを読んだ。

「村井さま、いつかなんて言い方は、何も言っていないのと同じですね。画廊のサイトを観ました。来月の」森歩美はそこで日本人女性版画家の名を出していた。裕一の企画で、ちょうどその版画家の個展を開催するのだ。「―のオープニングに行こうと思います。あの方をローマでアテンドしたことがあります。かまいませんか？」

裕一はすぐに返信した。

「こちらへいらしていただけるのですか！　お目にかかるのを楽しみにしています。あのときわたしから誘ったのにそれっきりになってしまった食事も、いかがですか？」

どんな返信が来るか、裕一は心配してはいなかった。

その再会のときには、たぶん共通の知人はその後どうしているかという話題にもなるだろう。

自分はあの職場の同僚たちのその後をほとんど知らないが、ひとりについてだけは、そしてあの一件の直後のことであれば、もし森歩美が興味を示せば教えることができる。

有笠史孝という男は、森歩美があの会社を辞めてから一年ほどして、その職場を解雇されたと。風の噂では、有笠は自分が遊んだ費用を、広告代理店や印刷会社などに回して支払わせていた。やがてその振る舞いは次第に厚かましいものになり、ブランド品の買い物の請求さえ回すようになった。広告代理店はある時点で、刺し違えになることを覚悟で、有笠の上司に訴え出たのだった。領収書や振込記録など必要書類を揃えた上でだ。会社は有笠から一度事情を訊いた上で、即座に解雇した。依願退職として欲しいという有笠の懇願は認められなかった。解雇はバブル景気が崩壊した後の、一九九二年の春ごろだ。つまりあの男の東京本社での勤めは、二年ほどで終わったのだ。解雇の理由のひとつになっていればいい、と裕一が願望半分に考えている一件もある。有笠は翌年度の文化賞事業の直接の運営責任者となったのだが、このときある百貨店から受賞者に渡す記念品の「サンプル」として、高級腕時計を受け取っていたのだ。その事情を知っていたのは、本人と相手方担当者を別にすれば、その後も会議室でよくひとりで仕事をしていた自分くらいしかいなかったことなのだが。

有笠のその後のことは、裕一も知らない。

おそらく彼は、その後はまったく違う仕事に就いたのだろう。故郷に戻ったのかもしれない。いずれにせよいま、彼の消息を知る手がかりを、裕一は何ひとつ持っていなかった。

ひとつだけ、言えることがある。たぶん彼は、自分や森歩美とは時差のある世界を生きている。その時差が埋まることは、この先絶対にない。森歩美からのメッセージが、瞬時に自分たちの三十年を埋めてくれたようには。互いの距離をあの瞬間まで戻してくれたようには。

ショッピングモールで

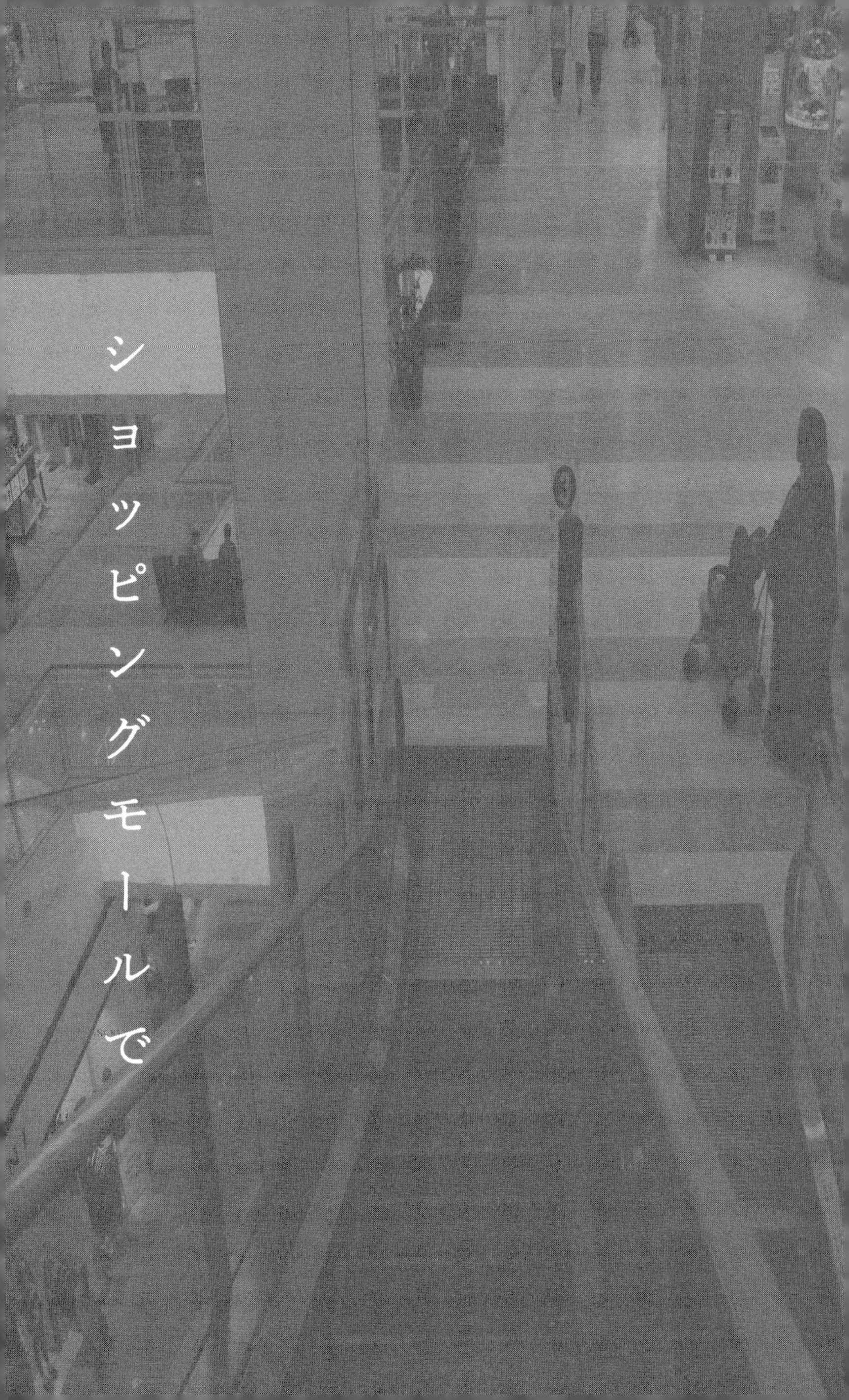

一年ぶりの会食だった。

「すいません。五分遅れます」

緒方淳平は、そうショートメールを谷藤三津夫に送って、会場へ急いだ。すでに約束の七時を二分過ぎている。

遅れた理由は、自分でもわかっている。気が進まないのだ。その会食の場に今回も谷藤麻由美が来ていたら、自分は果たして自然に振る舞えるかどうか。もし麻由美がいきなりその話題を持ち出したり、亭主である谷藤三津夫に嫌味でも言い出したら、どう反応したらよいのか。自分がその件で麻由美から相談を受け、ふたりで会っていたという事実も、麻由美は明かしてしまうかもしれないのだ。そのとき自分が谷藤に、誤解なきようううまく弁明できるかどうかも自信がなかった。だから作業のあと、ぐずぐずと後片付けをしているうちに、約束の時間になってしまった。

毎年十一月末の土曜日に、地元の中華料理店で会食がある。淳平のかつての雇用主だった谷藤が主催し、友人たちを招待しているのだ。三年と少し前、淳平が、独立したいと退職したあと、谷藤は淳平をこの会の招待客リストに入れてくれた。独立を喜んでくれたということであり、自分が従業員の立場から大事な関係取引先に昇格したということとも取れた。だから一昨年この会に初めて招待されたときは、淳平は有頂天になったものだ。

店に着き、中国人らしき若いウエイトレスに案内されて二階の個室に入った。入り口に近い席に、格子柄のジャケット姿の谷藤がいる。

淳平は頭を下げて言った。

「すいません。汗かいて、シャワー浴びに帰ったもんで」

谷藤が鷹揚にうなずいた。

「いいさ。忙しいのは最高だ」

谷藤は淳平の後ろにいたウエイトレスに、淳平の好みを確かめることもなく注文した。

「ジョッキ、もうひとつ」

淳平は丸テーブルの奥へと回り、谷藤の正面の椅子に腰を降ろした。もしかするとそこは上座なのかもしれないが、最初に谷藤に呼ばれたとき、彼は淳平にこの席に着くよう指示したのだ。大事な客には自分のそばに着いてもらう、ということだった。つまりこの会食では、谷藤から最も遠い席が下座で、そこに従業員上がりの淳平が着く。淳平は左右の客に気を遣い、ときに酒も注ぐのだ。

谷藤の左側に、麻由美がいる。目礼してきた。ブルーのジャケットを着ている。

麻由美は参加していないのではないか、とも期待していた。でも考えてみれば、この店のオーナー夫人は麻由美の従姉妹だという。その関係で谷藤はこの会を、この店でずっと開き続けてきたのだ。麻由美が欠席することは難しかったろう。

店は、谷藤の設備工務店にも近いＪＲ駅の、南口にあった。丸テーブルを八人前後で囲む。前回の顔ぶれは、谷藤と谷藤の夫人の麻由美。そして谷藤とは近い業界の友人たちだった。淳平を含めて全員が地元の出身であり、地元で仕事をしていた。夫婦で参加の客もいる。淳平がいちばん若造だった。

「景気は？」と谷藤が訊いてきた。「真面目な話、いいのか？」

「ええ。おかげさまで、ほんとに忙しくやってます」

「うまくやってくれよ。おれのところを独立した男が、三年もたたないうちに首吊った、なんて話、まわりに聞かせたくないからな」

すぐに麻由美が谷藤をたしなめた。

「そんな言い方、これから楽しく食事ってときに」

谷藤が麻由美に目を向けて言った。

「商売繁昌を祈るって意味で言ったんだ」

「縁起でもない言葉は使わないで」

いくらか強い調子に聞こえた。麻由美は谷藤より八歳年下なので、ふだんは谷藤にはあまり同輩っぽい言い方はしない。

「はい、はい」と、谷藤はおおげさに首を縦に振った。

そこにビールが来た。

「じゃあ、あらためて乾杯」と谷藤が自分のジョッキを持ち上げた。

乾杯、と唱和し、淳平はジョッキを持ち上げながら麻由美を見た。麻由美は淳平を窺ってこない。しかし顔には緊張は見当たらず、この前会ったときのような翳もなかった。あの件は、後を引いていないのだろう。先日聞いた通りに解決したのだ。ならば、喜ばしいことだ。淳平は、こんどの会食は中止かもしれない、とも考えていたのだから。

谷藤がジョッキを口から離して、淳平の左隣りの男に言った。

「あのときはほんとに助かった。迷惑かけて申し訳なかった」

客が応えた。

「なに、こっちも商売だ。損することはしないよ」

テーブルの一同が笑った。麻由美以外は。淳平はお義理で口もとを緩めて、ジョッキをテーブルに戻した。

麻由美の夫、谷藤三津夫は、この地元の建築設備の業界では、成功者のひとりだった。早くに独立し、市場が縮み続ける中で着々と実績を積んで事業規模を拡大してきた。いまは集合住宅の設備の点検と保守の受託も、自分の工務店の経営の大きな柱としている。事務所と自宅兼用の古い三階建てのビルを所有し、七人の従業員を使っていた。

淳平は葛西にある都立の工業高校を卒業し、数年遊んだあとに谷藤の工務店で働き始めた。九年間勤めて、三年前、三十歳のときに独立した。円満退社であり、独立後も谷藤の下請け仕事もして、谷藤との関係は悪くない。従業員当時、先輩従業員よりも目をかけてもらったし、いまも可愛がってもらっているという意識がある。

谷藤は淳平を、この恒例の会食のほかにも、よく酒の席に誘い出してくれた。いきなりその日の夜空いているかと誘ってくることもある。淳平はそんな突然の誘いにも極力応えてきた。行けばたいがい、あと二人ぐらいは業界の関係者が一緒となる。仕事につながることも少なくなかったし、なにより谷藤の飲み方、遊び方は、大人のものだった。その流儀を自分の手本としたいと思うほどだ。そもそも自分が三十歳で思い切って独立したことだって、谷藤の成功をトレースしたいという気持ちがあったせいだと、いまは思っている。

淳平が前菜を口に運びながら、麻由美を見た。麻由美の左隣には、谷藤の友人の夫人が座っている。麻由美は彼女と小声で談笑していた。その様子を見る限り、何かわだかまりを持ってこの会食に参加しているようではなかった。

三カ月と少し前のことになる。その土曜日の朝、淳平は中川橋を東に渡って、この地域では最も大きなショッピングモールに行った。そこのスーパーマーケットは品揃えが豊富だし、駐車場も広い。眺めて楽しい店も多くて、自宅から十分ほどかかるが、淳平は月に一度はそのモールに買い物に行っていた。

麻由美と出くわしたのは、スーパーマーケットの包装食品売り場の通路だった。真正面から、もたれかかるようにカートを押している麻由美がいた。チューリップハットを目深にかぶっているが、すぐにわかった。

麻由美は、谷藤の工務店でもときどき事務所に出て雑用をこなしていた。淳平ともよく言葉を交わしていたし、ときにはきょうのような食事会や飲み会でも一緒になった。そこそこに親しかった。

淳平は足を止め、あいさつした。

「おはようございます、奥さん」

あ、と麻由美は驚いた顔となった。

「おはよう。おはようございます」何か考えごとをしていたという様子に見えた。「ひとりなの？」

「ええ」早苗と一緒ではないのか、という意味だろう。とくに伝えてはいないが、もうとうに別れている。でもそれを麻由美に説明するのは面倒だった。「きょうは、ぼくひとりです。社長は？」

退職したあとも、淳平は谷藤のことを社長と呼び続けていた。

「ゴルフ」と麻由美は答えた。「そう言って出ていった。いま、少し話できる？」

「いいですよ。何か？」

「桜井理香さん、知ってるよね」

建築設備機器の商社に勤めている女性だ。営業所が水戸街道沿いにあって、桜井理香はそこの業者向け店舗で働いていた。地元の出身だ。地元の業界の関係者なら、桜井理香のことを知らないということはまずないはずだ。淳平も店舗のほか、設備機器の展示会とか業界団体の懇親会などでも三度か四度会ったことがあった。

年齢は三十代なかば、亭主は自営の不動産仲介業で、地元のＪＲの駅の北口に店を出している。子供はいない。地味めの印象だけれど、仕事ぶりについての評判はいい。業界では、男たちがよく彼女の美貌や私生活を噂する。カラオケ好きで、地元の稲荷神社の祭りのときはいつも、浴衣姿で町会のテントを手伝う。

「知ってますよ」淳平は答えた。「桜井さんがどうかしましたか？」

麻由美はその質問には答えずに、また訊いた。

「最近、うちのひとと会った？」

「ええ、一カ月ぐらい前ですけど」

淳平は、そのとき連れていってもらった居酒屋の名前を出した。谷藤の工務店に近い駅の南口だ。

「誰かほかにいた?」

「ええ」

ふたりいて、どちらも業界の自営業者だった。麻由美も知っているはずの男たちだ。

それを答えると、麻由美は唇を小さく嚙んだ。

「どうかしました?」

「ううん、あのね」ためらいを見せてから麻由美は言った。「桜井理香さんとうちのひとが、つきあっているみたいなの」

意味するところに驚いたが、淳平はとりあえず無邪気を装った。

「あのひとは、うちらの業界の中のひとみたいなものですからね。何かしら行き来はあると思いますよ」

「そんなんじゃなくて」

麻由美は通路の前後に目をやった。ひとの耳を気にしたようだ。都心ではありえないほどの規模のショッピングモールの中の、大型のスーパーマーケットだ。しかもまだ午前中。さほど混んでいるわけではない。地元の知り合いがいる可能性は皆無ではないが、淳平だってこのスーパーマーケットに買い物に来るようになって六、七年になるが、麻由美とは初めて遭遇したのだ。

淳平も周囲に目をやってから、麻由美の言葉を待った。

麻由美は、淳平を見つめて言った。

「男と女の関係になってる」

淳平はまばたきした。そこまではっきり言葉が出たか。でも、ほんとうだろうか。淳平は信じられなかった。

谷藤はいま五十歳で、年齢相応に身体に皮下脂肪をつけた中年男だった。髪も薄いし、お洒落でもない。乗っている車だって、ファミリータイプのミニバンだ。麻由美とのあいだに、十代の娘がふたりいる。そんな男がひと回り以上歳の離れた女性とそんな関係になれるかどうか、不倫相手としての条件を満たしているかどうか、淳平には判断しかねた。もちろん淳平の周囲の男たちは、谷藤の経営者としての能力と人柄の魅力を理解できているが。

黙ったままでいると麻由美はもっと明快に言った。

「ときどき会って、ホテルに行っている」

淳平は訊いた。

「誰かが教えてくれたんですか?」

麻由美はSNSの名を口にした。

「……でやりとりしている。見てしまった」

「どういう内容なんですか?」

「約束の確認。場所と時間」

「何度も?」

「見たのは二、三回ぶん。友達とお酒飲んでることになってるとき、あのひとと会ってた」

「確実なんですか? 誤解ってことないですか?」

「信じられない？」

「ええ。いくらなんでも、接点も少なすぎると思うし」

「淳平くん、花火のころ、谷藤とお酒飲んだ？」

「花火の？」柴又の花火のことだとするならそれは七月下旬になる。二週間と少し前だ。篠崎公園の花火ならちょうど一週間前。淳平にも、たぶん谷藤にも、地元の行事という感覚があるのは篠崎公園の花火のほうだ。「七月の下旬に、一度、ビール誘われてます」

「花火の夜？」

「いいえ」

麻由美は質問を変えた。

「谷藤からは、何も聞いていないのね？」

疑いは晴れたのだろうか。

「桜井さんのことが話題になったこともないですよ」

「男のひとって、そういうことって、友達には言わないもの？」

「ぼくは元従業員です。たとえそういうことがあるとしても、社長はぼくには言わないでしょう」

「谷藤は淳平くんのことが気に入っているし、言ってるんじゃないかと思った」

「何も聞いていません。誰か女性とつきあっているような様子も全然感じませんよ」

「桜井さんのことは、何か聞いていない？」

「ちょっと知っているというだけだし、そもそも、最後に見たのは」淳平は最近環七沿いに建った家具店の名前を言った。「あの現場で、三、四カ月前ですよ」

「仕事なら、もっとしょっちゅうあの会社には行ってるんじゃないの？」

「いつもあのひとが出てくるわけじゃないですし」

ふたり連れの客が通路をやってきた。麻由美はカートを押して通路を開けた。淳平も少し移動し、あらためて自分たちはいますれ違うところだという場所に立った。互いに斜めに相手を見る恰好だ。

麻由美がまた訊いた。

「わたし、被害妄想みたいなことを言ってる？」

淳平は答えた。

「なんともわからないですけど、社長はまるでそんなふうには見えませんよ。奥さんに秘密持ってるようには」

信じがたい、というように、麻由美の唇が左右に引っ張られた。


谷藤が大きな声で笑った。

「それって、あっちの被害妄想だって」

淳平は意識を会食に戻した。いまテーブルでは、谷藤のライバルに当たる業者のことが話題になっていたようだ。谷藤が、大手のディベロッパーに対して、その工務店のあることないこと中傷しているのだという。

谷藤は続けた。

「おれにそんなことやってる暇なんてあるかよ。そんなことまでして仕事取る必要もないしな」

ほかの客たちも、賛意を示すように笑った。

麻由美は、テーブルの回転台の上の大皿から、客たちの小皿に料理を取り分けている。

谷藤が淳平に訊いた。

「淳平、お前、あの親爺がやってることで、何かそういう話、聞いてるか？」

上の空になっていたことを見抜かれたのかもしれない。

「いいえ、全然」と淳平は答えた。「ほんとにそんなこと、あるんでしょうか。いい大人なのに」

「あるんだよ」と谷藤は言った。


通路を少し移動して、空いているスペースに出てから、麻由美がまた訊いてきた。

「桜井理香ってひと、旦那さんと別れていないでしょう？」

淳平は答えた。

「不動産の仕事をしてるんですよね」

「別れてる？」

「詳しいことは、何も知りません」

「同じ仕事をしているひとたち、よく噂してるんじゃない？」

「何かの拍子に、そういう話になることはあるかもしれないけど。ぼくは聞きませんよ」

「カラオケ、一緒に行ったんじゃなかった？」

「ぼくじゃないですよ」淳平は、谷藤がライバル視している設備業者の名を出した。「あそこが、お祭りのあとにやった日のことじゃないですか」

「そういう誘いには、簡単に乗ってくるひとなんでしょ」

「取引先の義理ってことかもしれないです」

そのスペースにも、ふたりの主婦がやってきて、ちょっとだけ迷惑そうに淳平たちを見た。

淳平がカートを動かして隙間を作ると、麻由美が言った。

「相談に乗ってくれる？」

「いまの件ですか。何も知りませんよ、ほんとに」

「こういうこと、ほかに相談できるひともいないの」

「じゃあ……」

淳平は、谷藤と同年配の工務店の社長の名前を出した。向こうは二代目だが、高校が一緒とのことで、谷藤の親友といっていい相手のはずだ。毎年の会食の筆頭招待客でもある。

「無理」と麻由美は切り捨てた。「あのひとは、中立じゃない。あのひとに相談したら、すぐにうちのひとに伝わる。うちのひとは怒り出して、大ごとになる。娘たちも知ってしまう」

淳平はそこで思った。自分に相談したいというのは、とりあえず事実の確認、もうひとつは愚痴を聞いてもらいたいということなのかもしれない。解決を頼まれたわけではない。

沈黙を拒否と取ったのかもしれない。麻由美は少し早口で続けた。

「淳平くんは、谷藤とずっと長いでしょ。あのひとのことをよく知っているから、淳平くんしかいない」

「ぼくが何かできるとは思えないですけど、それでもよかったら」

「十分」

「来週、同じ時間でことか」

「お願い。変えて欲しいときは、メールする。電話変わってないよね」

麻由美のスマートフォンには、淳平の電話番号が登録されている。谷藤の下で働いていたときに、伝えてあったのだ。

「同じです」

麻由美は小さくうなずくと、カートを押してすっとレジのほうに向かっていった。ハットに、いつもとあまり変わらぬ地味なTシャツと、白っぽいパンツ。四十歳を越えた専業主婦の日常着は、スーパーマーケットに完全に溶け込んでいた。あと五メートルも遠ざかれば、彼女の姿はほかの主婦の姿にまぎれて判別できなくなるだろう。


「食ってるか、淳平」と谷藤が大きな声を出した。

淳平は顔を上げた。アスパラガスの蟹卵かけを終え、大海老のマヨネーズあえに箸をつけようとしたところだった。

「はい」淳平は答えた。「味わいながら食べてます」

「年上のお客よりも、ちょっとだけ早く食い終われ。ほかの客を待たすなよ。きょうはカジュアルにやってるけど、最年少だってことを忘れるな」

「はい」

ひとりが笑った。

「そういう礼儀作法も教えてるんだな」

谷藤がうなずいた。

「そうだよ。どこに出しても恥ずかしくない若いのを育てようと思ってきたんだ」

「独立されて、残念じゃないのか？」

「おれは二十九で独立した。その才覚があるなら、止めない。止められるもんでもない」

「そういえば」と、客は話題を自分の会社の従業員の働きぶりに変えた。

麻由美が回転卓を少し動かしながら、隣の女性客に頼んだ。

「淳平くんに回してあげてくれる」

ホタテと金針菜の炒めものの小皿が、淳平の前に回ってきた。


約束通り同じ時刻にそのスーパーマーケットに行って、食品売り場ではなく調理器具や食器の売り場の通路で話した。客の数が少なく、多少直接的な言葉を出して会話をしても大丈夫そうだった。

「認めた」と麻由美は、いまいましげに言った。「あの女とつきあっているって」

「ほんとうにですか？」

まだ信じられない思いだった。また、その事実をあっさり麻由美に認めてしまうことも、自分の知っている谷藤の人柄とは釣り合わないような気がした。谷藤なら、たとえ写真を突きつけられても、知らぬと突っぱね続けるような気がした。彼の場合、認めてしまう潔さよりも、あえて馬鹿な男と評価されることのほうを、処世術として選ぶのではないかという気がしていたのだ。

麻由美がうなずいたので、淳平は訊いた。

「社長は、本気なんですか？」

「ううん。成り行きでこうなったと。家庭を壊すつもりはないんだって」

「じゃあ、別れて落着ですね？」

「違うの。いま卓袱台をひっくり返すようなことはできないって」

「じゃあ、続けると？」

「そういうこと。目をつぶってくれ。男にはこういう時期があるんだからって」

黙っていると、麻由美が訊いた。

「男にはこういう時期って、どういう意味なの？」

淳平は、首を傾げてから答えた。

「社長のような仕事をしていて、成功したら、男としても輝いて見えますよ。放っておかない女性も出てくるでしょう」

「だからって、不倫するなんて」

「社長は、水商売の女性にももてましたけど、そういうことってなかったでしょう？」

「遊んでる暇はなかったと思う。娘たちも小さかったし」

「社長の言い分もわからないじゃないです。目をつぶってくれって言うのは」

「身勝手だわ。わたしは立場がない」

「長続きしないような気がしますが」

「どうして？」

「続けようとしたら、奥さんとの関係が壊れます。内助の功で持ってたあの会社は傾きます。天秤にかければ、社長がどっちを選ぶかははっきりしています。社長は、そういう判断力はある男性ですよ」

「一時の気の迷いだって言うの?」

「ええ。受け入れていないってことを、ときどきちくりちくりと言ってやれば、我に返るんじゃないかな」

「そうだろうか」

「社長を信じていいと思います」

「もう行くところまで行ってるのよ」

「何もかも全部駄目にする前に、止まれるひとだと思います」

ほとんど同じ中身のやりとりが、二度三度と繰り返された。二十分ほど話したが、麻由美は淳平の助言に納得した様子ではなかった。ただ、さほど怒りも見せなかったし、取り乱すこともなかった。その日も最後まで冷静だった。

堂々めぐりになってから、麻由美は言った。

「ありがとう。また相談に乗って。谷藤は、淳平くんみたいな部下を育てて、幸せだわ」

麻由美が離れようとしたときに、淳平は訊いた。

「始まったのは、いつからだって言っていました?」

麻由美は答えた。

「花火大会のとき」

「奥さんは、もうそのときから気づいていたんですか？」

「うん。疑った」麻由美は自嘲しているような顔になって言った。「そのあと、夜に、いままでしたことのないことをしてきたの。誰かに教えられたんだなって、直感で思った」

麻由美は淳平から視線をそらすと、通路をレジのほうへと歩いていった。

「それは、責任ってものだ」と谷藤が言った。

話題は、いままた谷藤の仕事の信条やら肚構えへと移っていた。ついさっきまでは、業界全体の景気や共通の取引先の話だったのだが。

谷藤が続けている。

「ひとを使っている以上、食わしてやらなきゃ駄目だ。大手が派遣使うなんて、あれはけっきょく自分の会社の仕事自体を劣化させるよ。できるだけ長く使って、従業員に将来の希望持たせて、住宅ローン組めるようにしてやらなきゃだめだ。会社興してしまった以上、それは経営者の最低限の責任だろ」

笑い声はあったが、全面的な賛同という反応でもなかった。

谷藤の顔はもうかなり赤くなっている。ビールをジョッキ二杯飲んだあとは、紹興酒をグラスで飲んでいた。紹興酒はたぶん三杯目だ。

谷藤は、客の反応がいまひとつだと感じたのか、淳平に顔を向けてきた。

「淳平、お前のところ、どうしてひと使わないんだ？」

淳平は答えた。

「まだ、それほどの仕事量でもないものですから」

「先にひと雇うってのは手だぞ。人手があれば、いままで受注できなかった話も入ってくるようになるんだ」

「そんなものですか」

「そうだよ。何もかも自分で抱えこむのは駄目だ。ひとにやらせることも考えろ。経理とか、申告とかもだ。カミさんにやらせるのが一番いいんだ」

「はい」

「そういえば、早苗とはまだ縒りを戻していないのか？」

　麻由美がちらりと淳平を見た。彼女には、まだ早苗と別れたことを言っていない。あのショッピングモールでも、まだつきあいが続いているような言い方をしてしまった。麻由美は、自分が嘘をつかれたと感じただろうか。

「ええと」

　言葉に詰まっていると、麻由美がまた谷藤をたしなめた。

「またプライベートなことを訊かないで」

「気になる」と谷藤は言った。「結婚するつもりだったんだろう」

「いえ。そこまでは考えていなかった」

「別れた理由は何だ？」

「よくわからないんです」

「あなた」と麻由美がもう一度言った。

「逃げられたな」

「じつは、そうなんです」

「浮気したんじゃないのか。お前、性格いいし、ファンが多すぎなんだ」

　客たちが笑った。

「逃げられたの」と、麻由美が言った。

　三度目のショッピングモール。この日は四階の駐車場だった。麻由美は軽自動車に乗ったままで、淳平は運転席のドアの外に立って話を聞いた。

　麻由美は言った。

「谷藤が、ばれた、とあっちに打ち明けたら、もう止めましょうってことになったって。まるでその言葉を待っていたみたいよね」

　淳平も、予想外の展開に驚いて訊いた。

「社長は、それで納得したんですか？」

「かっこつけたのよ。自分もそのつもりだった、切り上げようと思っていたと言って。それで後腐れなく別れたんだって」

　淳平は思った。お互いに大人だったのだ。真夏の花火大会の夜、一気に盛り上がったとしても、密会を繰り返すのは難しい。舞台はごくごく小さな地域なのだ。関係はすぐに知られることになる。かといって、居直って次の段階に進めるには、ふたりとも失うものを数えなければならない。谷藤は、そこで踏みとどまれるだけの分別を持っていた。桜井理香も、淳平の想像以上に賢く、成熟していたということなのだろう。

「心配かけた」と麻由美はかすかに微笑しながら言った。「けっきょくわたし、愚痴を聞いてもらっただけだった。でも、ありがたかった。この話、淳平くん以外にはしていないの」

「全然お役に立てませんでした」

「あのひとを信じていいって言ってくれた。支えだった」

そのやりとりが、二カ月前だ。


最後にお茶が出て、会食が終わった。

谷藤が真っ赤な顔で言った。

「ほんとにきょうも、楽しかったな」

彼は革の長財布を麻由美に渡して言った。

「払ってきてくれ」

麻由美が財布を手に立ち上がった。

谷藤が淳平に言った。

「経理やってくれる女性探して結婚しろ。そして財布はカミさんに預けてしまうんだ。それが夫婦円満の秘訣だ」

客たち全員が笑った。麻由美は表情を変えないままに、淳平の脇を抜けて店の階下へ降りていった。

散会し、店の外で谷藤たちと別れて、淳平は自宅方向へと歩き出した。自宅まで、駅前の商店街から十五分ほど歩くのだ。初冬のこの時刻、気温が夕刻よりも少し下がっていた。

けっきょく谷藤と麻由美は大人だったなと、淳平は会食の様子を思い起こした。危機があったことなど、ふたりともおくびにも出さず、きょうの社交行事をつつがなく終わらせた。もうこの件は、たぶんあの夫婦のあいだでも蒸し返されることはないのだろう。ましてやそのことが、この狭い業界で語られることもない。

商店街からはずれて住宅街に入った。人通りが少なくなり、街の騒音が遠ざかった。淳平はジャケットの襟を立て、胸元をかき合わせた。

ジャケットのポケットで、メールの着信音があった。

淳平は歩きながら右手でスマートフォンを取り出し、画面を見た。麻由美からだった。

画面を開いて、メッセージを読んだ。

「明日、駐車場で会える？」

淳平は足を止め、スマートフォンを持ち替えた。

遺影

額縁は黒く、その上にやはり黒いリボンがたすきのようにかかっている。知恵美の遺影だ。

知恵美は和服姿で、地味な顔だちはどこかはにかんでいるようだ。十年ぐらい前に撮影されたものだろう。遺影は、その店の小部屋の奥の、棚の上に立てかけられている。

哲郎は遺影から離れた場所で、すでにタンブラーに口をつけていた。

遺影の前に、きょうの幹事役の瀬波が進み出た。知恵美とも哲郎とも大学からのつきあいになる団体職員だ。同期だから、彼もそろそろ五十歳になる。

瀬波は、店の中を見渡してから言った。

「おれには、知恵ちゃんが仲間のうちで最初に亡くなるなんて、まさかって気持ちがいまだにあるんだ。なんとなくおれには、知恵ちゃんが友達全員をみとって、葬式の裏方もやって、納骨とか散骨とかも仕切って、最後に亡くなるような気がしていた。違うか？」

参加者の中から、とくに男性客のあいだから、同意の声がいくつか漏れた。

四谷にある和食の店の、貸し切り専用の部屋だった。大学時代に知り合った星野知恵美のお別れ会が始まっているのだ。知恵美はおよそ二カ月前に肝臓癌で亡くなっている。若すぎる死だが、高校生のころ交通事故に遭[redacted]て、このとき肝炎に感染していた血液の輸血を受けてしまったのだ。十年ほど前に、それが原因の肝炎に[redacted]いるとわかったのだという。夫である裕二から知恵美の肝臓癌のことが仲間うちに伝えられたのは、[redacted]初の検査入院のあとで、一年ほど前のことだ。

三度目の入院が、最後の入院生活となった。

通夜と告別式は仏式で型通りに行われたが、きょうは友人だけが集まって故人を偲び、残された夫である星野裕二を慰める会なのだ。十二、三人が出席している。

「裕二から」と瀬波は続けている。「知恵ちゃんの病気の話を聞いたときはショックだった。おれは裕二も一緒に寝込んでしまうんじゃないかと心配した」

哲郎は、裕二とも、その妻である知恵美とも、瀬波とも、同じ大学のゼミ仲間というつきあいだった。四谷にキャンパスのある大学の文系の学部、比較文化をテーマにしたコースのゼミのひとつだった。卒業後は、NGOや教育関連の企業に就職した者が多かった。メディア関連企業に入った者も少しいた。裕二は医療関連の研究機関に、知恵美はテレビ番組の制作会社に就職した。知恵美と裕二は、同期の友人のあいだでは最初に結婚したカップルだった。卒業して一年後には結婚披露宴を開き、新宿区の集合住宅に新居を構えた。子供はいない。

あのゼミ仲間は仲がよく、花見や納涼会、忘年会、恩師の誕生会と、卒業後もことあるごとに集まっていた。友人が友人を呼んで参加もしていたし、恋人や配偶者も加わって、いっときはその常連のメンバーは二十人から三十人ぐらいになっていた。そしてその輪の核となっていたのは、裕二知恵美の星野夫婦だった。

裕二と知恵美のほかにも、その輪の中で結婚した者が何組かあった。同じ大学の同期生同士なら ふた組あったし、数え方によっては四組が、あの仲間うちでの結婚だった。哲郎もそのひとりだ。大学の同期の、由起子と結婚したのだ。

瀬波はまだ話している。

「大学を卒業したとき、自分たちが社会人になってもこんなつきあいを持ち続けていられるか、正直言って疑っていた。だけど、いま同期生はみな五十になろうとしている。卒業後は居場所も境遇もさまざまなのに、それでもここまでぼくらが仲良くやってこれたことが、不思議でしょうがない。だけどそれも、やはり真ん中に知恵ちゃんがいたからだったと思う」

彼の口調はやや感傷的だ。酒が回っているのかもしれない。酒のせいで、気持ちが学生時代に戻ってしまったのか。

瀬波が言うように、哲郎もたしかに、卒業後十年ぐらいまでは、その関係がずっと続いていくのだろうと思っていた。会う頻度こそ少なくなっても、このように気のおけないつきあいは、それこそ最後のふたりのうちのひとりが息を引き取るまで続くのだろうと。

確信がなくなってきたのは、自分が離婚したあたりからだ。妻の由起子は、離婚後はこの関係とはきっぱりと縁を切った。何人かの友人とは個別につきあいがあるらしいが、あのメンバーのいわば恒例の行事には参加しなくなった。

ついでまた離婚したカップルが出て、ふたりともその関係から遠ざかった。一年ほど後にまたひと組の離婚があった。彼らも、グループの行事には姿を見せなくなった。

いや、哲郎はいまならもっと正確な言い方ができる。由起子も、その後に離婚したふた組のそれぞれも、裕二と知恵美が主催する、あるいは参加する行事にはいっさい出なくなったということだ。離婚したので参加が気まずいとか、かつての配偶者と会いそうな場は避けたい、ということが理由ではない。いったん去った彼らも、義理ある場には出てきていた。ただ、そんな場で星野夫妻と顔を合わせても、いかにもよそよそしくあいさつするだけで離れる。彼らは、瀬波が言

今こそ読みたい、現代の知の巨人

『サピエンス全史』『ホモ・デウス』『21 Lessons』

ユヴァル・ノア・ハラリ 柴田裕之訳 三部作

大反響!

「人類は新型コロナウイルスといかに戦うべきか
── 今こそグローバルな信頼と団結を」

全文公開中!(2020/3/15「TIME」誌記事)

河出書房新社 〒151-0051 東京都渋谷区千駄ヶ谷2-32-2
tel:03-3404-1201 http://www.kawade.co.jp/

いだてん噺

細馬宏通

NHK大河「いだてん〜東京オリムピック噺〜」全四十七回を徹底的にレビュー！　戦前戦後を一気にかけぬける名作ドラマを深く楽しむ。

▼二五〇〇円

その男、佐藤允

佐藤闘介

佐藤允さんの代表作『独立愚連隊西へ』公開六十周年を記念して、ゆかりのある方々にインタビュー。その役者人生に迫ります。

▼二二〇〇円

俺の残機を投下します

山田悠介

落ちぶれたプロゲーマーに待っていた奇跡とは？　大ヒット『僕ロボ』から三年、ミリオンセラー作家が放つ感動大作！

▼一一五〇円

雄まいらない

皆で手をつないで繋がることって本当に

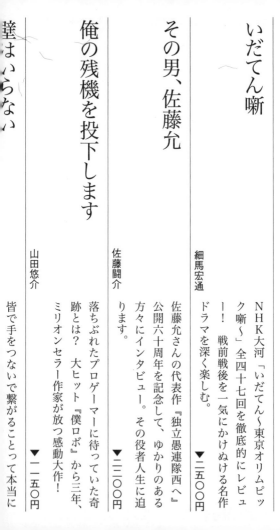

うような好ましい関係を、裕二と知恵美の夫婦とは維持していなかった。気がついたら、哲郎自身もそちら側のひとりだった。

拍手があった。哲郎が知恵美の遺影のほうに目を向けると、裕二があいさつに立ったところだった。

いっときは毎日病院に看護に行っていたと聞いていたが、いまはもう職場に完全復帰のはずだ。顔にはさほどひどい憔悴もなく、落ち込んでいる様子でもない。ただ、目は多少うるんでいた。

裕二が、出席者たちの顔をゆっくりと眺め渡してから言った。

「知恵美が亡くなってから、あらためて知恵美がどんなにみなさんに愛されていたかということを、強く感じています。ほんとうにきょうは、知恵美のためにありがとうございます」

裕二は、知恵美の闘病の様子を語ったあと、友人たちが知恵美に示してくれた好意や見舞いに対して、ていねいに礼を言い、最後に、このような関係を持てて知恵美は幸せだったと締めた。

哲郎は、あらためてタンブラーを口に運んだ。

瀬波がまた遺影を背に立って言った。

「もう四十九日も過ぎて、きょうはお別れ会であり、裕二を力づける会でもあるから。湿っぽい話題、暗すぎる話題には割って入るので、心して歓談してくれ。それにしても、知恵ちゃんという女性をおれたちの共通の友人としてここまで生きてこれたことを、つくづくうれしく思ってる。これって、奇跡のような関係だ、とさえ感じてる」

何人かの同意の声が聞こえた。

「知恵ちゃんは」と瀬波が続けた。「いつも控えめで、どんなときでも微笑を絶やさずに裏方に徹してくれた。いつも進んで、面倒な世話役を引き受けてくれた。天然で、ときどきはらはらするくらいに無邪気だった。彼女のそんなキャラクターのおかげで、おれたちはこんなに素敵な関係を作ってこれた。誰からも愛されていた知恵ちゃんのことを、おれらは忘れない。きょうは、知恵ちゃんを思いながら語り、飲むぞ」

瀬波が言葉を切ると、また控えめに拍手があった。哲郎はタンブラーから手を離さなかった。

知恵美は、たしかに瀬波が言うような評価のある女性だった。頭が切れて、世話好きで、あらゆる分野で奉行役が似合う女性だと。知恵美はまた、若いときから歳に似合わず世知にたけていたが、歳不相応に無邪気なところもあった。言葉づかいはしばしば率直過ぎて、そばにいる者をひやりとさせた。もちろんそのことを、彼女のプラス面だと言う者のほうが多かったが。

タンブラーからまたひとくちウィスキーを飲んだところに、大学時代からのつきあいの友人がやってきた。きょうのこの集まりのことを電話で教えてくれた、五十嵐という教育関連の団体勤務の男だ。

哲郎が、その友人、五十嵐から星野知恵美の病気のことを教えられたのは、七、八カ月前のことだ。体調不調で検査入院を繰り返していたが、最終的に肝臓癌だと診断された。このときステージ4だったという。

放射線治療を受けるようになったけれど、六カ月前に何度目かの入院となり、二カ月ほど前、そのまま病院で息を引き取った。このときも五十嵐から報せを受け取っていた。

通夜と告別式は、仏式で型通りに行われたようだった。哲郎は出席していない。裕二宛に弔電を打っただけだ。

哲郎は、ある時期から裕二と知恵美夫婦とは疎遠になり、年賀状のやりとりさえしていなかった。ただ、共通の友人を通して夫婦の近況は耳にしていた。

葬儀のあと、また五十嵐がお別れ会のことを教えてくれた。葬儀とは別に、友人たちが集まって故人を偲ぶのだという。五十嵐からは、メールではなく直接電話があった。

「忙しいとは思うけど」と、彼は言った。「裕二が参ってしまうかもしれない。出てやってくれ」

お別れ会に声をかけるのは、大学時代からつきあいのあった連中ばかりだと言われた。ゼミの仲間たちも何人かは来るだろうと言う。地方で就職した者とか、故郷に帰った者も幾人かは来るかもしれない。同窓会の雰囲気のほうが強くなる集まりとも想像できた。それならば、積極的に避ける必要もない。知恵美が亡くなったいま、裕二のいる場所に出向くことにはさほど抵抗はなかった。それでこの会には出席することにしたのだった。

五十嵐は、ビールのジョッキを手にしていた。

「いいつきあいが続いたとは言うけどさ」と、彼はいましがたの瀬波の言葉を引き取るように言った。「ゼミの仲間は、けっきょくふたりしかきていない。知恵ちゃんと仲がよかったはずの女の子なんて、通夜にもただのひとりも来なかった。お互いの結婚式に出た女の子もいたのに、どうしてこんなふうになってしまったんだろうな」

「社会に出てしまえば、どうしても」

「卒業してもおれたち、一時期は、みんなそれぞれの配偶者も連れて、何かにつけ集まっていたろう。そのぐらい、おれたちは仲がよかった。夫婦単位のつきあいが、ずっと続くものだと思っていた」

「おれたちって、どういうあたりを言っている？」

「あのゼミの仲間。もうひとまわり大きくした大学の連中。そのパートナーたち。ソフトボール大会に、山小屋泊まり。多摩川でのバーベキュー。みんなして、河津のサクラを観に行ったこともあった」

哲郎は、その部屋の中を見渡した。いまお別れ会は、裕二を中心にしたテーブルで歓談が続いている。

「ここにこれだけ来ている」と哲郎は言った。

五十嵐は首を振った。喜べるような数ではない、と言っているのかもしれない。

「あるとき」と五十嵐は言った。「気づいたんだ。絶対にこういう集まりには顔を出さなくなった面々がいるって」

五十嵐は、何人かの名前を挙げた。

「きょうも来ていない」

「おれはあいつらとも、けっこう会っているぞ。お前は全然つきあいはなくなったのか？」

「少人数では会うんだ」五十嵐はＳＮＳの名を出した。「あれもやってるし、昔よりは頻度多く会えるようになってる。だけど、絶対にあいつらは来ない、っていう企画がある。わかるか？」

「おれはそもそも出無精になっているから、わからない」

「裕二が呼びかけたり、裕二知恵美夫妻が出てくると予想できるときは、あいつらは絶対に参加しない」

「たまたまだろう。リストラされて、来にくいってやつもいる」

「だとしても、おれは誘いがあればほとんどこまめに出ているからわかる。あの関係は、いつのまにか分裂してるよ」

「分裂だなんて、おおげさだ」

「現実に、お前もずっと、裕二たちが出てくる集まりには出席していない」

「都合がつかない場合は、不義理もする」

「それが二十年近くもか」

「たまたまが重なった」

五十嵐は、哲郎の言葉を聞いていなかったような調子で訊いた。

「何かあったのか？　裕二はともかく、知恵ちゃんのほうと」

「何もない。ただ、社会人が長くなると、あの場所は以前ほど居心地はよくなくなった。それだけだ」

正直に言うならば、と哲郎は口には出さずに思った。ある時期から、知恵美の世話好き加減がうっとうしくなった。お節介と感じられるようになった。また彼女の率直さや無邪気さや、ひとの関係の機微への鈍さが、装われたものではないかと思えるようになったせいもある。口調と表情にこそ善意しか見当たらないが、これは嫌味であり皮肉だと意識することも多くなっていった。そんなところに、あの一件だ。自分の離婚の遠因となった、あの小さな事件。

五十嵐が哲郎の沈黙を無視して言った。

「完全におれたちと縁を断った面々もいる。お前、最近は由起ちゃんとは会っているのか？」

「会っていない。別れて以来、一度も」

「真知ちゃんは？　彼女が離婚してから」

「全然」

「彼女らのことも、近況は話には聞くんだ。ネットで大学時代の友達ともつながっている。だけど、由起ちゃんも真知ちゃんも、裕二と知恵美の夫婦とは、切れている」

「ふたりとも、再婚しているだろう」

「あらためて家庭に入ったにしても、卒業から十年ぐらいはずいぶん仲がよかったんだ。ネットでもう一度関係が復活してもおかしくはない。だけどおれたちとは、つながろうとしていない。裕二に聞いたけど、由起ちゃんたちも含めて、知恵ちゃんの見舞いに来て当然の友達が、何人も来ていないんだ」

「それぞれの都合だろう」

　五十嵐はポケットからスマートフォンを取り出した。見ていると、彼は数人の男女が写った写真を表示させた。病室で、ベッドに横になっているのが知恵美だとわかった。明らかにウィッグだとわかるボブヘア。ベッドの手前で、男が四人しゃがみこんでいる。ひとりは裕二で、五十嵐も写っていた。きょうの幹事の瀬波もいる。

「知恵ちゃんが亡くなる四日前だ。この次の日から容態が悪くなって、三日目に息を引き取った」

「いいタイミングでの見舞いだったんだな」

「おれたちはな。だけど、この最後の入院から四カ月のあいだに、大学時代からの友達で、見舞いに行ったのは、ほかにふたりだけだとさ」

哲郎は五十嵐からスマートフォンを借りて、写真を拡大してみた。死の四日前だという知恵美はさすがにやつれていたが、不思議なことにけっしてうちひしがれているようではない。むしろどこか昂然として、満足げな表情に見える。もっと言うならば、勝ち誇っているようだ。まだ最終検査の結果が出る前、退院も近いと思えていたころの写真だ、と説明されても、信じることができそうだった。

スマートフォンを五十嵐に返して、タンブラーをまた口に運んだとき、奥のテーブルから裕二が立ち上がったのが見えた。哲郎のほうに近づいてくる。きょうは店に入ったときに通り一遍のあいさつをし、香典を渡しただけだ。まだろくに言葉も交わしていない。

「哲ちゃん」と裕二が屈託のない声で言ってきた。「きょうはありがとう。忙しいところを」

「いや」哲郎は言った。「葬式には行けなかったから」

「もうずいぶん久しぶりだよな。十年ぶりくらいかい？」

「誘いがあるときは、どうもタイミングが悪かったから」

「調子は？」

「ぼちぼち。裕二も気を落とさないで」

「ああ。ほんとに、知恵美のためにサンキュー」

別のテーブルから、裕二を呼ぶ声があった。裕二は哲郎に軽く頭を下げてから、呼んだ友人のほうへ歩いていった。

帰る頃合いだ。そろそろ失礼すると哲郎は五十嵐に言い、立ち上がった。五十嵐は引き止めなかった。

その部屋の出入り口に近づいたとき、目の前に女性が現れた。哲郎と鉢合わせの恰好となり、相手は立ち止まった。

短かめの髪に、シャツブラウス。ゆったりしたパンツ姿。水野真知子。旧姓で言うなら、逢坂真知子だ。あのゼミに三人いた女性のうちのひとりだった。彼女の顔を見るのは、たぶん十年ぶりくらいだ。いまは経済誌の編集部にいるはずだ。目鼻だちが南国的で、大学でも男子学生に人気だった。

「久しぶり」と哲郎はもらした。「来たんだ?」

真知子はうなずいた。

「裕二くんの顔を見たくて。哲ちゃんは?」

「帰るところだけど、もう少しいよう」

哲郎は身体をよけて、真知子を部屋に入れた。

真知子に気づいた参加者たちが、控えめに歓声を上げた。すぐに、歓迎の言葉が部屋の中に満ちた。

真知子はまっすぐ裕二のほうに向かって歩いた。客たちが真知子を注視した。

「ごめんなさい」と真知子が裕二に言ったのが聞こえた。「お通夜、出られなくて」

「いいんだ」と裕二が言った。「忙しかったんだろう」

「そういうわけじゃなくて、もう駄目だったの」

「何が?」

「知恵美とは。でも、もう亡くなったんだし、裕二くんのせいじゃないしね」

裕二が首を傾げ、瞬きした。

「どういう意味？」

不安そうだ。何かよくないことを仄めかされたのだと理解した顔に見えた。

「いいの」と真知子は微笑して言った。「力を落とさずに、早く再婚して」

「それって、早すぎる勧めだ」

「わたし、本気で言ってるよ」

「知恵美が、ずいぶん悪妻だったように聞こえるな」

「裕二くんは、まだまだ婚活市場じゃアドバンテージ高いよ」

裕二は顔をしかめた。

「そんなの、いいよ」

「時間がなくてごめんなさい。とにかく裕二くんにお悔やみだけ言いたかったの」

「もう帰るの？」

「ほんとにごめん。あわただしくて」

真知子はくるりと身体の向きを変えて、客たちに短く言葉をかけながら、出入り口のほうに歩いてきた。真知子が部屋を出たので、哲郎も続いた。

店から飲食店の並ぶ中通りへと出て、哲郎たちは四ツ谷駅へと向かった。

半町ばかり無言で並んで歩いてから、哲郎は訊いた。

「さっき裕二に言ったこと、駄目だったって、どういうことなんだ？」

真知子はくすりと笑った。

「恨みごと。知恵ちゃんに対してだけど」

「もしかして、それって」言いかけて、言葉を呑み込んだ。無礼過ぎる。

しかし、真知子は哲郎の疑問を察してあっさりと答えた。

「そう。知恵美が、離婚の最初のきっかけを作ってくれた。例のとおりの、無邪気そうな、ただ世話を焼くのが好きなだけなのという顔で。悪意なんてほんの少しも感じさせないで。でもあの子、学生時代からずっとそうだった。自分はただ鈍いだけだっていう顔をして、まわりのライバルの評判をひとりひとり落としていった。気がついていなかった？」

「ライバルって、たとえば」

真知子は、同じ学科の女子学生の名を挙げた。学科でいちばん可愛いと、男子学生たちが話題にしていたことがある。途中退学していった。

「フーゾクで働いているって噂になったことの元は、知恵美」

そうだったとは知らなかった。噂自体は耳にしていたが、哲郎は信じてもいなかったし。

真知子は、ゼミのもうひとりの子の名前を出した。

「彼女の離婚の原因は、旦那さんの不倫疑惑。発信源は、やっぱり知恵美」

「知恵ちゃんは、根拠のないことを、ペラペラ喋るようなひとだったかい？」

「そんなあからさまな手は使わない。自分が発信源になるような言い方は巧妙に避ける。たとえば、誰それがフーゾクで働いているって嘘でしょ？という話題の出しかたをする。わたしと哲ちゃんが不倫してるって噂になったときもね。覚えているでしょ？」

そういうことがあった。最初のうちは本気にしている友人はいないと思っていたが、身近な中には、完全な与太話とは受け止めなかった者もいたのだ。かなり長いこと、噂は尾を引いていたらしい。

二十年近く前だ。哲郎も真知子も結婚していたころ、たまたま仕事で行っていた福岡の、ビジネスで使うなら当時は事実上選択肢はこれひとつというホテルで遭遇したことがあった。泊まった翌朝の朝食の場に、真知子もいたのだ。お互いの顔を認めて、偶然だねと笑い合った。真知子はそのとき陶芸作家の取材で、哲郎のほうはとあるイベントの準備での出張旅行だった。

東京に戻ってから、哲郎は妻の由起子にその偶然のことを伝えた。真知子の側から誰かに伝わるかもしれなかったし、もし由起子が他人からその件を聞かされた場合、まずいことになるだろうと判断できたからだ。話したとき由起子は、とくに強く反応したようでもなかった。そのときはたぶん何の疑いも持たなかったはずだ。当時のあの友人たちとのつきあいの中では、不倫も裏切りもあるはずはなかったからだ。

ただ、そのときひとつ、由起子に伝えなかったことがある。

「いまだから言うけど」と真知子は声の調子を変えた。「知恵美は、わたしが出張に出たその日、敏《とし》ちゃんを交えた場所でお酒を飲んでいて、わたしがあのホテルに泊まると知ったんだって」

敏也は真知子が結婚した相手だ。仲間のひとりだった。

あの当時は、仲間たちはとにかく頻繁に会っていた。多くが丸ノ内線沿線のごく狭い範囲に住んでいたせいもある。仕事帰りに、東高円寺とか新高円寺にも、仲間がよく行くバーがあった。仕事も私生活のあれこれも、かなりの程度に共有された。

真知子は続けた。

「泊まった日、夜も遅い時刻に、知恵美からケータイに電話がかかってきたの。出張中だって聞いたけど、緊急に教えてもらいたいことができて、という用件だった。でも、部屋の様子とか、窓から何か見えるのかとか、妙なことを訊くの」

初耳だった。というか、自分は真知子とその後、その偶然のことをまったく話題にしていなかった。

それにしても、知恵美はあの夜、真知子にも電話していた？ そこが驚きだった。同じ夜、哲郎にも、知恵美から携帯電話に電話がかかってきたのだ。

やはり、何か哲郎の専門分野のことで教えて欲しいということだった。会話の途中で、知恵美が訊いた。きょう、由起子と電話で話したけど、いま福岡出張なんですって？と。

そうだと答えると、ホテルの名を訊かれた。哲郎が答え、それですぐ話題はもとに戻った。

由起子には、帰宅してからも知恵美から電話があったことは話さなかった。真知子が同じホテルに偶然泊まっていたという件に加えて、知恵美から電話があったという事実とのつながりに、なんとなく不穏さを感じたのだ。知恵美の用件はさほど緊急性のないもので、わざわざ哲郎に電話してきたことが不自然だった。ホテルの名を確かめられたことも、不快だった。自分が妻に伝えた出張の詳細の、裏付けを取られたのかとも感じたのだ。その不快を、知恵美の友人である由起子には告げないほうがいいように思った。

それに、もし由起子が哲郎の女性関係で何かを疑うとしたら、真知子と朝食が一緒になったということよりも、知恵美からそんな電話を受けたという事実のほうではないかとも考えた。ときに知恵美は、由起子の前でも、天衣無縫と見える調子で狎れ狎れしくなるときがあったから。身体を押しつけてきたり、手に触れたりと。哲郎が由起子の目を心配するぐらいに。

　哲郎は真知子に言った。

「あの前の夜、じつはぼくにも知恵ちゃんから電話があった。由起子から出張のことを訊いたと言っていた」

「やっぱり」と真知子は目をみひらいた。「そういうことだったんだわ」

「何が？」

「両方からの話を聞いて、知恵美はわたしたちが不倫旅行したものだと確信したんでしょう。あの電話は、わたしたちが同じ部屋にいるかどうかを確かめるためだったんだ」真知子はひとりでうなずいた。「悪意は確定だわ」

「だけどぼくたちは、その晩はお互いが同じホテルに泊まっていることも、まだ知らなかった」

「だからふたりとも、声の調子には何の動揺もやましさもない」

「でも、知恵ちゃんは、ぼくたちが同じホテルに泊まっていることは確認できた」

「それだけで知恵美には十分だった。その事実は、使えたんだわ」

　もう事情はわかったが、哲郎はとぼけて訊いた。

「何に使えたって？」

「わたしや、哲ちゃんの結婚を壊すために」

「まさか」

「あのあと、ひと月ぐらいしてから、あの夫婦たち含めて六、七人で食事をしたことがあったの。わたしたちも夫婦で出ていった。そのとき知恵美が、とつぜんわたしに訊いたのよ。哲ちゃんと一緒の福岡出張って、同じ仕事だったの？って。わたしは凍りついていて、返事ができなかった。たまたま哲ちゃんとホテルが一緒だったことを、敏ちゃんには話していなかったから。哲ちゃんも由起ちゃんには話すはずがないと思っていたしね。余計な疑念を招くようなことをわざわざ話したりしないって思っていたから」

「ぼくは、偶然同宿だったことは由起子に話した」

「敏ちゃんは驚いていた。それは何の話かってね。すると知恵ちゃんは、恐縮しきった顔で謝るの。ごめんなさい。ここで出す話じゃなかったって。忘れてって。でもそれって、この話は事実ですよと強調しているようなものでしょ。その日うちに帰ってから、彼に、あれは何のことだと問い詰められた。正直に話したけれども、偶然だったとは信じてもらえなかった。どうして黙っていたんだと詰《なじ》られた。そこから、泥沼までは一直線だった。わたしはこういう仕事だから出張も多いし、ときには異性の仕事相手とも旅行をする。それをひとつひとつ疑われるようになって」

「うちも、夫婦仲が悪くなったのは、そのあたりからだ。直接の理由が何かはわからなかった。性格の不一致の部分がどんどん拡がったんだなと思っていた」

「福岡の偶然のことを、知恵ちゃんは同じように由起ちゃんにも使ったんでしょうね。目いっぱい利用して、わたしたちの結婚を壊したのよ」

「ぼくらの場合は、そのことだけのせいで壊れたとは思わないけど」

「何かあったわけではなくても、黙っていたというだけで不信を買う。相手を信じられない、という気持ちは、そこから深くなっていく。わたしも哲ちゃんも、学生時代から仲がよかったのは事実だし、それを疑われる下地はあった」

言葉を吟味してから、哲郎は真知子を見た。

真知子はまた微笑した。

「違う？」

哲郎は認めた。

「仲はよかった」

「知恵ちゃんは、そういうところも見抜いていた。煙を立てて効果のある場所をね」

その飲食店街を抜けて、四谷見附交差点まで出た。哲郎はここから外堀通りを渡って四ツ谷駅に向かう。九月の午後八時、ひと通りは多かった。

真知子が言った。

「わたし、ちょっと急いで行くところがあるの。新宿通りでタクシーをつかまえる」

話はここまで、ということだ。

哲郎は立ち止まって、真知子を見つめた。

真知子が愉快そうに訊いた。

「知恵美の悪意を、信じていないの？」

「まだ、にわかには」

「いい加減気がついて。あの夫婦の前から、何人のひとが消えた？　何組のカップルが別れた？　わたしたちだけでも、ふた組四人なのよ」

「知恵ちゃんがそういうことをする理由がわからないんだ」

「男性だから言いにくいんでしょうけど、彼女よりきれいで幸せな友達が狙われたの。裕二くんよりもいいところに就職して、成功している男が、足を引っ張られたの」

「同じような手で？」

「全部の手口は知らない。でも、似たようなものだったでしょう。たくさんの友人たちが、まさか知恵美にそんな悪意があったはずはないと疑わずに翻弄されて、あの輪から脱落していった。べつにいまさら惜しくはないけど、知り合って三十年がたってみれば、知恵美のまわりに残ったのは、彼女が優位に立てるカップルとか男性とかだけだった。あるときから知恵美は、完全に女王になっていたの。それも気がつかない？」

黙ったままでいると、真知子はまた笑みを見せた。

「きょうは、そのことを裕二くんに伝えにきたんだけど、さすがにあんな場では全部は言い切れなかった。機会があったら、あなたが言ってあげて」

新宿通りの信号が青になった。真知子は身体の向きを変えて新宿通りの横断歩道を渡り出した。哲郎は少しのあいだ、真知子の後ろ姿を見つめながら、五十嵐が見せてくれた病室の写真を思い起こしていた。

ベッドの上の知恵美の、あの目、あの笑み、死の四日前の、あの昂然とした表情を。きょう使う遺影としては、あちらの写真のほうが、ふさわしかったのではないか？

分別上手

八階でエレベーターの扉が開いた。

目の前に、スーツ姿の中年男がいる。この階の住人のひとりだろう。江上寿美子がこのビルの担当となって二週間目、初めて見る顔だった。時刻はいま午前八時二十分、サラリーマンならば、ちょうど出勤するタイミングだった。

寿美子は男に微笑を見せてあいさつした。

「おはようございます」

言いながら、大型の業務用クリーナーを引いてエレベーターを降りようとした。

男は寿美子と目を合わせることもなく、返事も返さなかった。わずかに身体を斜めにして、寿美子がすれ違えるだけの空間を作ってくれただけだ。寿美子は身体を横にしてクリーナーを引き、男にぶつからぬようにエレベーターを降りた。男は無言のままエレベーターに乗っていった。

背後で扉の閉まる音がした。寿美子は振り返らなかった。ただ、八階は要注意、と頭に入れた。いまの男は、共用部分の清掃がわずかでも不十分だったりすれば、管理会社にすぐ苦情の電話をかける種類の男と見えた。クレームの多い住人、清掃員泣かせの賃借人、いまの男はそれだ。清掃員の仕事を始めて十五年、その程度のことはわかるようになっている。

寿美子は廊下の隅のコンセントにクリーナーのプラグを差し込んでから、ふたつ並んだドアの表札を確かめた。あの男はどちらの部屋の住人なのだろう。このビルは、七階以上の上層階には、住戸は二戸しかない。ひとつは1DK、もうひとつが2DKというタイプだ。二戸とも表示はなかった。最近は住戸のドアの表札には名前を表示しないのが当たり前になっている。でも、たしかこの階には若いカップルも住んでいたから、いまの男が住んでいるのは、たぶん1DKの八〇一号室ということになる。あとで管理人室のファイルで確かめてみよう。

新しい仕事先がこのビルと決まったとき、所属しているビル清掃会社の担当者から言われた。この雑居ビルはオフィス街のはずれにあるので、住戸の大半は近所に職場のあるエリートサラリーマンか、若い共働き夫婦が借りているのだという。ひとりで住んでいるサラリーマンたちも独身者はほとんどおらず、埼玉とか千葉とかに家族が住んでいる。ウィークデイはこの集合住宅から職場に通うが、週末は家族の住む千葉なり埼玉なりの家に帰るのだ。

大手町までひと駅と立地がいいから、家賃もけっして安いものではない。中年男が1DKの部屋に住んでいるからといって、それは彼に家族がないことを意味しないし、低収入というわけでもない。じっさい、いますれ違ったときの男の印象は、カネのある男、というものだった。このビルには駐車場はないが、もしかするとあの男はこのビルの近所に駐車場も借りて、高級車を置いているかもしれなかった。

寿美子は廊下のカーペットにクリーナーをかけながら、明日からは作業の順番を変えると決めた。八時二十分が彼の習慣の出勤時刻なのだとしたら、この階の清掃はその前にすませておくのがいい。そうすれば彼は毎朝、清掃直後の廊下に出てくることになる。共用部分の清掃については、苦情の種もないことになるのだ。

寿美子が今月から受け持つようになった建物は、九階建ての雑居ビルだ。前の十一階建てのビルよりも、住戸の数は少し少ない。そのぶん、ゴミ出しと共用部分の清掃の作業時間も短いということになる。

寿美子は、数年前から体力が衰えてきたことを感じ、勤め先の担当者に、派遣されるビルを変えてもらえないだろうかと訴えていた。一日に五時間働くのがきつくなってきた。三時間程度で終わる規模のビルに移れないかと。

長いこと勤めてきたので、上司も寿美子の訴えを理解して、担当するビルを変えてくれた。しかもこんどは自宅から地下鉄一本。通いやすくて、身体の負担がずいぶん減った。毎朝七時五分前には、このビルの管理人室に入るようにしている。午前十時三十分には、たいがい仕事は終わった。勤務は、ゴミ収集の曜日に合わせて、土、日のほかに水曜日が休みの、週に四日だった。

時給は千百円だ。七十五歳の女のパートタイムの仕事として、この時給は悪くない、と寿美子は思っている。自分は同じビル清掃の会社で十五年働いてきた。丁寧な仕事ぶりが評価されて、少しずつ時給も上げてもらってきたのだ。とはいえ、一日三時間ほどの労働にしてもらったために、ひと月に受け取る賃金は六万円弱に減った。十二年前に亡くなった亭主の遺族年金と合わせて、月の収入は二十三万円ほどだ。でもローンも払い終わった集合住宅にひとり暮らしだし、この年齢でさして社交生活も趣味もなくなっているから、十分にやっていける。あと数年は、この仕事も続けていけるだろう。

九階から三階まで、住戸部分のすべてのフロアの清掃を終えて、管理人室に戻ったのは九時十分前だった。このあとゴミ置き場の中を清掃し、日報を書いて仕事は終わりだ。

最後に着替えをすませてから、管理台帳で八〇一の部屋の住人の名を確かめてみた。

三井田晴彦

住人として申告されているのは、その名前だけだ。入居はおよそ四年前、ということはこのビルができたときからの住人ということになる。

緊急連絡用の電話番号がふたつ記されている。

ひとつは０９０から始まる番号。本人の携帯電話だろう。

もうひとつは、局番が０４７だった。千葉県のどこかだ。浦安とか、船橋とか、市川あたりだろうか。この固定電話の引かれている場所が、三井田のいわば本宅に違いない。週末はこの千葉の本宅に帰り、月曜の朝は千葉から仕事場に直行するという生活なのだろう。

管理人室でわかることはそれだけだった。

その三井田とは、二週間ほど後にまた顔を合わせた。午前八時過ぎに八階のフロアの清掃を始めようとしたときだ。

エレベーターの扉が開くと、目の前に三井田と、若い女がいた。ふたりとも、寿美子の顔を見て、それまで浮かべていた微笑をすぐに引っ込めた。三井田は、明らかに当惑顔となった。この時刻で寿美子と出くわすはずはないとでも信じていたのかもしれない。女は一歩下がって三井田の後ろに回った。寿美子が降りられるようスペースを作ったのかもしれないが、身を隠したようにも受け取れた。

「おはようございます」と、寿美子は三井田の顔から女へ、視線を移しつつあいさつした。

三井田はこの日も無言だったが、女のほうは小さく会釈したように見えた。

ふたりがエレベーターで降りていってから、寿美子は女の素性について推測してみた。

年齢は二十代の後半から三十といったところだろう。肩にかかる長めの髪。ナチュラルメイク。白いブラウスに、グレーのジャケット。そして紺のガウチョパンツ。大きめの革のショルダーバッグ。堅気の勤め人のようだ。三井田の身内のようには見えなかった。娘でもないし、妻でもないだろう。

この日は、粗大ゴミがひとつ出ていた。折り畳み式のスチールパイプ椅子と小さなデスクが、ビニール紐で縛られてゴミ置き場に置かれていたのだ。粗大ゴミは居住者各自で都の清掃事務所と連絡を取り、処理することになっている。寿美子はとりあえず、これは通常のゴミとしては出せないこと、都の手続きに従って出し直してほしいと、用意してあるステッカーに記して、デスクの板の上にスコッチテープで留めた。でも、どの部屋から出たものかわからないし、この張り紙は無視されることだろう。かといっていつまでもゴミ置き場を狭いままにしておくことはできないし、おおよそ二週間を目途に、管理会社のほうで処分することになる。もちろん、どの部屋が出したか明瞭に特定できる粗大ゴミの場合は、管理会社がその住人に自己処分を頼む。管理会社によっては、そして管理するビルの性格によっては、管理会社はテナントに対してかなり高圧的に当たる。

このビルについてはどうだろう、と寿美子は考えた。優良な賃借人が多い、と移ったときに強調されていたから、会社は下手に出てしまうかもしれない。

寿美子が新しいビルの担当になって、ふた月ほどたったころ、またあの女を見た。

ちょうどゴミ置き場から、ゴミの袋を回収所に出しているときだ。ゴミ置き場の出入り口は、ビルのエントランスと隣り合っている。スチールの塀で出入り口は目立たないようにしつらえられているが、ゴミ袋をビルの前の所定の場所に出す作業をしていれば、エントランスを出入りする住人の姿は見ることができた。その日、ゴミ置き場のドアを開けて、汚れた出入り口周辺を水洗いしていると、その女がすっと目の前を通っていったのだ。

距離は三メートルもなかったから、横顔を見たときにすぐに思い出せた。三井田と一緒にエレベーターに乗ってきた女。三井田の後ろに半分身を隠した女。

寿美子は腕時計を見た。午前八時五分。前回のことを考えれば、自分と出くわしてもおかしくはない時刻だった。

そのままゴミ置き場の外の水洗いを続けていると、エントランスの自動ドアが開いて、三井田が出てきた。ちょうどエレベーターが一階と八階とのあいだを往復できるほどの時間の後だ。

目が合ったので、寿美子はあいさつした。

「おはようございます」

三井田はきょうも無言で、寿美子の横を通りすぎ、表通りのほうへ歩いていった。時間差で出勤、と寿美子は三井田の背に目をやりながら思った。さすがに先日はばつが悪かったのだろう。

それからまた二週間ほど経ったときだ。ゴミの袋を回収所に出しているとき、三井田がエントランスからゴミ袋を下げて出てきた。あいさつしようとすると、三井田が下げていた半透明のゴミの袋を、ポンと回収所の袋の山の上に放った。

そのまま通り過ぎようとするので、思わず寿美子は呼び止めた。

「旦那さん」

三井田は立ち止まり、不審そうに首をめぐらしてくる。何かトラブルが起こった、と意識したような、警戒した目だった。

「アルミ缶は、燃えるゴミとは別に出していただけませんか？」

三井田が、険しい声で言った。

「あんたの仕事だ」

反応できずにいるうちに、三井田はもう首を正面に向けて再び歩きだしていた。

寿美子はそれ以上声をかけなかった。唇を一回噛んでから、寿美子はその袋を持ち上げ、結び目をほどこうとした。袋はきつく口を結んであったので、開けることは難しそうだった。寿美子は諦めてそのゴミ袋の脇を裂き、アルミ缶を三個、取り出した。二個がビールで、もう一個はレモン風味のアルコール飲料だった。寿美子はそのアルミ缶を持ってゴミ置き場の中に戻り、アルミ缶専用のコンテナの中に放った。それから、べつの住人が出したゴミ袋で口がゆるく結んであるものを探し、これの結び目をほどいて、残ったゴミ袋を入れてまとめた。

自分の亭主も、と寿美子は思い出した。まだ一緒に暮らしていたころ、というか新婚当時から、ゴミの分別が苦手な男だった。いや、ゴミの分別をしようとしない男だった。燃えないゴミも、缶も、すべて手近のゴミ袋に放り込んでしまうのだった。少し同居に慣れてきたころから、ゴミの分別をおそるおそる頼むようになったが、わかった、と不機嫌そうに口では言うものの、すぐにまた無頓着になった。

ある時期からは、寿美子はもう何も言わないと決めた。喧嘩になっても馬鹿馬鹿しいし、言いたいことはそれひとつでもなかったのだ。歯磨きチューブを途中から押して使うこと、寿美子のフェイスタオルでもかまわず顔を拭くこと、鼻くそをほじること、使用済みのコンドームを床に落としたままにすること。いろいろあった。きちんと数えたら、改めて欲しいことは二十ほどのリストになったかもしれない。いや、もっとだろうか。諦めようと決意したところで、妊娠し、子供が生まれた。女の子だった。亭主はそれなりに子煩悩となって、生まれてきた子を可愛がった。だから子育てをしているあいだは、亭主のそうした習慣もさほど気にはならなかったのだった。

翌週の火曜日だ。その日の仕事を終えて着替え、タイムレコーダーを押したところに、管理会社の社員がやってきた。このビルを担当している営業部の若手だ。寿美子は、このビルに移ってから初めて顔を合わせた男となる。柳瀬という名だ。

「おばちゃん」と、柳瀬は最初から威嚇を含んだ調子の声で言った。「八〇一の三井田さんから、さんざん言われたよ。失礼なこと言ったんだって？」

先週の分別の件だとすぐにわかった。寿美子は黙って柳瀬を見つめた。

「何の件かわかるでしょ？」

柳瀬は身長が百八十センチ以上あるだろう。いま狭い管理人室で向かい合うと、恐怖感さえ感じた。

寿美子は答えた。

「ええ」

「分別して出して下さいって言ったのは、ほんとうなの？」

「ええ」

「向こうは出勤どきで、ずいぶん急いでいたっていうじゃないの。すいません、お願い、って頼んだら、おばちゃんからそんなふうに返事がきたって」

「何も言われませんでしたよ。ポンと放っていったんです」

「言った言わないの話になったら、ぼくらはお客さんの話を信じるよ。わかるでしょ」

寿美子は口をつぐんだ。そう言われたなら、もうこのやりとりの結末は見えている。

柳瀬は畳みかけてきた。

「昨日の苦情電話でも言われたんだ。自分はそういう作業の手間賃まで含まれていると思って、管理費を払ってきているんだ。時間があるときは分別して出しているし、じっさいこれまで掃除のひとからそういう文句を言われたことはないって。あったの？」

「分別してないって注意したことですか？」

「そうだよ」

「先週が初めてです。わたし、このビルに移ってまだ二カ月ですし」

「前のおばちゃんのときにも、そういう苦情は受けていないひとだよ。全然分別していないってひとじゃないんだね」

「先週は、たまたま目の前に置いていかれたからわかったんです」

「たまたまって何さ」

「ゴミ置き場に、分別しないで袋を出しているひとはけっこういますよ。三井田さんが全然しないひとかどうかはわかりません」

「先週は木曜日で、出張なんで生ゴミを置いていくわけにはいかなかったって言うんだ。だから朝、急いでいるときにおばちゃんにお願いしたんだって」

「生ゴミだけのことなら、わかりますけど。アルミ缶まで一緒だったんです」

「それ、わからないように袋に入れていたの？」

「半透明の袋だったから、すぐにわかったんです」

「わかりやすいように入れてたってことでしょ。悪気はないんだ。おばちゃんが作業しやすいようにっていう配慮だと思うよ」

寿美子はこんどこそ抗弁することはよそうと決めた。何を言っても無駄だ。この男は聞く耳を持たない。

寿美子が黙したままなので、柳瀬が少し口調を変えた。

「ここのビルは、賃借人のレベルが悪くないんだよ。堅気のひとばかりだし、相場よりもいい値で貸せるのも問題のある住人がいないからだよ。なのに、お客のほうから清掃のおばちゃんについて苦情があるってのは、うちとしてもすごく困るのさ。そりゃあ分別してあるほうがおばちゃんの仕事がラクなのはわかる。だけど、管理費には清掃料金が含まれているって言い分も確かなのさ」

「ゴミ置き場には、分別をお願いする張り紙が貼ってありますね。あれは会社が貼ったものですけど」

「あくまでも、お、ね、が、い」と、柳瀬は一音ずつ区切って発音した。「テナントさんの義務じゃないんだ。このビルには、そんなことやってられないくらいに忙しいひともいる。うちがおばちゃんに、けっして悪くない時給払ってるのも、そういうことを文句を言わずにしてもらうって含みがあるからね」

　タイムレコーダーを見た。十時四十分だ。さっきタイムレコーダーを押したのは失敗だった。この叱責の時間も、労働時間として見てもらうべきだった。この分では柳瀬は、あと三十分くらいはぐちぐちと文句を言い続けるのではないか。

　柳瀬が寿美子の視線の先に気づいた。

「おれだってこんなこと、長々と言う気はないさ。とにかく、おばちゃん、ああいうひとが、おばちゃんなんかにそんなふうに文句を言われるとどういう気持ちになるか、考えてよ」

　寿美子は言った。

「あたしみたいのが、きっと偉いひとに、ずいぶん失礼なことを言ってしまったんですね」

「わかってもらえたらいいよ。自分の分を守ってね」

「はい」

「それだけ。次に会うときは、先日は失礼しましたと謝ってね。会社からものすごく叱られてしまいました、って強調して」

　切り上げたかった。寿美子は頭を下げながら短く言った。

「はい」


　しかしなかなか謝罪の機会もないままに、ふた月ばかり経った。

しばらくぶりに三井田の姿を見たのは、ゴミ置き場からゴミ袋をビルの前に出す作業をしているときだ。朝の八時ちょうどぐらいだったろう。三井田が、あの若い女と並んで、ビルを出ていった。寿美子はそれを、ドアを開け放したゴミ置き場から見た。三井田は大きめのショルダーバッグを肩にかけていた。小旅行か出張に出るという様子だ。女のほうは、きょうは小さめのバッグひとつだけだ。

三井田は、寿美子には気づかなかったようだ。であれば、わざわざ呼び止めて謝罪するには及ぶまい。女が一緒なのだし、むしろ寿美子の謝罪など、このタイミングでは迷惑だろう。寿美子はそのまま作業を続けた。

それから五分ほどしたときだ。いま出ていった若い女がひとりで戻ってきた。駆けてきたようだ。息をはずませて、ゴミ置き場をのぞいてくる。困りごとが起こったという表情だ。寿美子は作業の手を止めた。

女がおずおずと言った。

「あの、おばちゃん、すいません」

「はい？」と寿美子は背を伸ばした。

「八〇一の三井田の身内の者なんですが」

身内？　家族という意味で使っているのだろうか。

「何度かごあいさつしてきたかと思いますが、わたし、八〇一にスマホを忘れてきてしまって。入ることはできるでしょうか？」

寿美子はまばたきした。

「でも、いま三井田さんとご一緒でしたでしょう？　三井田さんと一緒に入ればどうです？」

「それが、三井田さんは」女は言い直した。「三井田は」

敬称を略した。自分は身内である、という意味なのだろう。

「タクシーに乗ってしまったんです。羽田から飛行機に乗るので。忘れたのがスマホじゃないなら、三井田に電話しますが、連絡の取りようがないんです」

「どうしたらいいんです？」

「あの、マスターキーか何かで部屋に入ることはできますか？　きっと管理人室には、全部の部屋のマスターキーがありますよね？」

このビルの場合、マスターキーはないが、各戸のキーのスペアはある。ただし、施錠されたキーロッカーの中だ。ロッカーを開けることができるのは、管理会社か、警備会社の者だけだ。自分はキーロッカーのキーを持っていない。管理人室には置かれていない。

寿美子は首を振った。

「管理会社しか開けられませんね。わたしは使えないんです」

「きょう、仕事でも必要なんです。スマホがないと、仕事で大きな穴を開けてしまうことになる。なんとか開けてもらいたいんですが」

「スペアキーはお持ちじゃないんですか？」

「ええ。三井田さんと」また言い直した。「三井田と一緒に出入りすることが多いので」

「管理会社のひとに相談してみてくれますか。お身内ということであれば、開けてくれるでしょう」

「管理会社のひとは、何時にここに出てくるんですか?」

「とくに用事がなければ、ふだんは出てきませんよ」

「きょうはいらっしゃる?」

「来る予定にはなっていませんね」

「連絡を取っていただけますか?」

「管理人室に行けば会社の番号はわかるけど」

女が不思議そうな顔をしたので、寿美子は言った。

「わたしは携帯を持っていないんです」

女は、嘘でしょう、とでも言うように目を丸くした。

「こういう仕事だからね。携帯って、全然必要なくて」

女は当惑した様子で言った。

「では、管理人室の電話を貸していただけますか?」

「ないの。管理人室には、電話はない。朝しかひとはいないところだから」

「会社の番号はわかるんですね?」

「ええ。担当部署の番号はわかりますよ」

「おばちゃんから、会社に電話していただけますか? こういう事情で、大至急部屋を開けて欲しいのだって」

「だから、電話はないの。どこかの公衆電話から、三井田さんに電話したらどうです? 戻ってきてくれるでしょう」

「飛行機がギリギリだと言っていたから、無理でしょう。やっぱり管理会社に部屋を開けてもらえ、という返事になると思います」

そうだろう。この女も、三井田の人柄については、誤解はしていないようだ。

寿美子は言った。

「そのへんのひとを捕まえて携帯電話を貸してもらいますか。だけど、いま出勤の時刻ですよ。誰か住んでるひとに頼むのも、きっと迷惑だね」

女は唇を噛み、首を左右に振ってから言った。

「管理会社の電話番号を教えてください」

そのくらいならいいだろう。寿美子は、ついてきてくださいと言って、エントランス側から管理人室に入った。女はドアの外に立って、畳一枚分の広さもない管理人室の中をのぞいた。

「これ」と、寿美子は壁に大書きされている電話番号を示した。

女はバッグから手帳を取り出し、ボールペンでその番号をメモしてから訊いてきた。

「この近所の公衆電話ってどこになりますか?」

寿美子は、近くのビジネスホテルの場所を教えた。たしかその前に公衆電話のボックスがあった。このビルから百メートルくらいの距離のはずだ。

「ありがとうございます」

女はハンカチで額をぬぐってから、ビルを出ていった。

寿美子は、デスクの引き出しを開けると、住人の名と緊急連絡先が記されたファイルを取り出した。緊急の場合は、ふたつ記された電話番号のうちのどちらかだ。

ゴミ置き場の袋を回収所に出してしまうと、次は共用部分の清掃だった。ふだんは最上階から始めるが、きょうは一階のエントランスから始めることにした。この成り行きが気になった。女が戻ってきたとき、すぐに話ができる場所にいたかった。

五分ほどして、エントランスの外側の自動ドアが開き、女が戻ってきた。解決がついたという顔ではなかった。寿美子は内側のガラスドアの手前に立って自動ドアを開け、女を中に招じ入れた。

女は言った。

「管理会社は、何時の始業なんでしょう。いまは業務時間外なのでかけ直してくれ、という留守電になっていて」

「九時から」時計を見ると、まだ八時二十分だ。「三井田さんには電話してみたんですか?」

「スマホがないと、番号がわからないんです。会社に行けば、名刺はあるんですが」

「いまは、いちいち住所録を持ち歩かないものね」

女はすがるような目で寿美子に言った。

「九時に連絡がつくのでは、遅すぎるんです。なんとかならないでしょうか」

「どうにもねえ。九時まで待つしかないんじゃないかね」

そのときまた外側のドアが開いた。入ってきたのは、住人のひとりで、二十代の若い男だ。ゲーム制作の仕事をしていると聞いたことがある。このビルの中に、仕事場を持っている。かなりの頻度で、泊り込んで仕事をしているらしかった。少し太りすぎが心配になる青年だ。

「おはようございます!」と、彼はいつもの調子で陽気に寿美子に声をかけてきた。

ひとつ思いついた。

寿美子は女に言った。

「とりあえず外で待っていてくれる。わたし、仕事をしなきゃならないから。いい案を思いついたら、声をかける」

女がうなずいたので、寿美子は訊いた。

「あなたのお名前は？」

「松井です」

「じゃあ、あとで」

女は自動ドアを抜け、さらに外側のドアを抜けてビルの外に出ていった。

寿美子は通路を奥へと歩き、エレベーターに向かった。ゲームを作っている青年は、エレベーターのドアの前で立っている。階床表示を見ると、エレベーターはいま上の階に呼ばれて上がっているところだった。

「酒井さん」と寿美子は青年に声をかけた。「ちょっと厚かましいお願いがあるんだけど」

酒井は愉快そうに言った。

「何でしょう。ぼくにできることなら」

「ちょっと緊急事態なの。酒井さんのスマホで、一本電話をかけさせてもらえませんか」

「いいですよ」と、酒井は背からリュックサックを下ろして、サイドポケットに手を突っ込んだ。

管理人室から電話をかけ、終えたところでドアの外で待っていた酒井に携帯電話を返した。

「電話代、いくら払えばいい？」

酒井は笑った。

「何を言ってるんですか。三分くらいの電話で」

酒井がエレベーターに乗っていったところで、寿美子はビルの外に出た。ビルの左手、ゴミの回収所の脇に、松井と名乗った女が立っていた。寿美子を認めると、松井は微笑を浮かべた。解決した、と思ったのだろう。

寿美子は松井に近づいていって、安心させるように穏やかな調子で言った。

「いま、スペアキーを持って、奥さんが来ます。一時間くらい待っていてくださいって」

松井の顔が凍りついた。


管理会社の柳瀬が三井田の退去を教えてくれたのは、それからひと月も経たないときだった。何か事情が変わったとかで、三井田は慌ただしく部屋を引き払ったのだ。もちろん退去の通知が急すぎるということで、三井田はもう一カ月分の家賃を支払うことになった。そのカネを惜しんではいられないくらいに、切迫した事情だったのだろう。その間、寿美子はついに三井田と会うことがなく、謝罪する機会もないままだった。

その日、地下鉄駅を降りて自宅に向かう道すがら、寿美子は自分が亭主と別れた前後の事情を思い出していた。彼が自宅の屑籠の中にうっかり捨ててしまったホテルのレシート。薄々勘づいてはいたが、それを証拠に、きちんと片をつけることになった。亭主は離婚を切り出したが、寿美子は籍を抜くことには応じなかった。

二歳年上の亭主は、中堅の食品卸問屋の営業マンだった。運も手伝い、会社の業績が右肩上がりだったせいで、日本経済が失速する以前にサラリーマン生活を十分に楽しんだ。五十代の会社の幹部社員としては、まず相場以上と思えるだけの収入もあった。可処分所得もけっして少ないほうではなかった。住んでいる集合住宅のローンも、あとわずかで払い終えるところだった。

精力的で、豪傑タイプの男だったから、あの年齢でも魅力を感じる女性はいたのだろう。酒場で知り合ったというその愛人とは、三年越しのつきあいということだった。

寿美子は言った。うちから出て。でも離婚はしない。籍は抜かない。だから慰謝料もいらない。このうちだけ、あたしに残して。あなたにとってもそのほうが好都合ではない？

相手の女は不満だったようだが、慰謝料と貯金の全額を寿美子に渡すか、黙って家を出ていくかで、亭主はさほど迷わなかった。発覚から三カ月目に亭主は寿美子の出した案を了承し、集合住宅の残債を支払ったうえで、家を出ていった。寿美子が五十五歳のときだ。離縁しないことに亭主が同意したのは、寿美子に復縁の期待があると思ったからだろう。もしもの場合、戻る家を確保しておきたかったのかもしれない。ひとり娘はそのときもう結婚して、静岡に住んでいた。自分はそのあと、ホームヘルパーの仕事に就き、六十歳になってからはずっとビル清掃の仕事を続けている。

亭主はけっきょく早死にした。愛人との生活は六年か七年しかなかったことになる。愛人から、亭主が死んだと連絡を受けて、寿美子はあとを引き受けた。亭主の遺体を引き取って葬儀の喪主をつとめ、遺族年金を受けることになった。

歩きながら、きょうはお昼は外食にしようかとふと思った。この十五年のあいだに、自分はゴミの扱いにはずいぶん習熟してきた。誰もほめてくれるわけでもないが、たまにはそのことを喜んでみてもいい。

褒章と罰

来賓のスピーチが続いている。たぶんもう五人目か六人目だ。

「そういうわけで、自然災害や大規模災害時に即座にひとと資材を投入して被害を最小限に留めようという藤堂くんの理想と、じっさいのグループ企業挙げての活躍ぶりについては、いずれ世がこれを顕彰するだろうと確信しておりましたし、藤堂くんが受章年齢になる前からこの受章を期待しておりました……」

この日、最初に金屏風の前に立ったのが、国会議員、ついで業界団体の幹部による乾杯。三人目がかつてJCで親しかったという流通業の企業オーナーで、地元から駆けつけたとのことだった。

四人目以降は、その立場や肩書もよくわからなかった。司会は地元出身のテレビ局の女性アナウンサーだ。

ステージの後ろには、きょうの催しの名が大きく掲げられている。

「藤堂秀一さん藍綬褒章受章を祝う会　東京」

主賓である藤堂は、濃紺のスーツ姿でステージの左下にかしこまって立っている。

英樹と同い年だが、藤堂は長年北海道の郡部の町で経済人として順調に事業を成長させてきた。日灼けしたその顔は自信にあふれており、髪も豊かで、還暦直前という年齢よりも若く見える。その横の和服姿の女性は、彼の後妻だ。十五歳年齢が離れているとか。

スピーチを聴いているのは、広い宴会場のステージ寄りに立つ客だけだ。あとの出席者の大半、三百人近い客は、もう勝手にそれぞれ、近くにいる誰かと歓談に入っている。

大野英樹は、藤堂と中学の三年から高校卒業までを地元の同じ公立学校に通った。でも、親が営林署勤務の公務員だったので、高校卒業と同時に、転勤する両親に従って北海道東部のその町を離れていた。

藤堂のほうは高校を卒業した後、札幌の私立大学に進んだ。地元に戻って親の家業である建設会社を継ぐことが前提の進学だった。四年後に大学を卒業してあの町に戻り、二十年ぐらい前には父親に代わって経営者となった。

来賓は、スピーチを終えようとしている。

「……わたしたちの郷土が生んだこの逸材にして、開拓者精神を受け継いだ現代のパイオニアに、なお郷土のためにひと働きしてもらいたいと願って、いささか長くなりましたこのあいさつを終えさせていただく次第です」

その来賓が藤堂に向かって頭を下げると、宴会場の中におざなりな拍手があった。来賓が壇を下りると、英樹には見えない位置で女性司会者がつぎの来賓を紹介し始めた。

目の前に英樹の友人が現れた。康彦だ。ウィスキーのグラスを手にしている。彼は地元の商工会勤めだ。英樹が東京で働くようになってからも、彼が出張で上京してきたときなどに何度か会っていた。きょうも仕事の一環としての参加なのだろう。

「英樹」と康彦がうれしそうに言った。「お前は来てくれないんじゃないかって、ちょっと心配していたんだ」

「どうしてだ？」と英樹は訊いた。

「もう故郷とは縁を切ったのかと思っていたからさ」

英樹は、その町の名を口にして言った。

「……は故郷じゃないけど、秀一の受章だ。このとおり出席してる」

「その後、変わりは？」

「もうじき定年だ」

「再婚したのか？」

「いや」

「秀ちゃんとは」と康彦は、高校時代のような調子で藤堂の名を出した。「よく会っていたのか？」

「お前と会うのと同じくらいの頻度だ」

それは、数年に一度、彼が同郷会のような集まりに出るときに、何人かの友人と一緒に会う程度、ということだった。だから卒業以来、彼と会ったのはこの四十年のあいだにせいぜい十二、三回だ。

またステージのほうで拍手があった。英樹は視線をステージに向けた。

康彦にも言ったように、あの町はどんな意味でも故郷ではなかった。十八歳になるまでに四年間住んだだけの土地だ。生家があるわけでもない。成人式は松本だったし、その後、地元で開かれる高校の同窓会にも出たことはなかった。あの町を離れてから四十年、その後ただの一度もあの町を訪れたことはなかった。高校時代親しかった藤堂が結婚したときも祝電を送ってすませたし、藤堂の最初の妻が亡くなったときも、弔電を送っただけだった。

新しい来賓が、藤堂秀一の褒章受章について触れている。

「……こういうわけで、藤堂さんは北海道内の自然災害に対して、周辺市町村からは、何かあったらまず藤堂建設に連絡すればいいのだという信頼を勝ち得てきたのであります。つまりこの褒章受章というのも……」

スピーチを気にする様子も見せずに、康彦がまた言った。

「お前と秀ちゃんなんて、あんなに仲よかったんだしさ、お前たちはもっとつきあいを続けているものだと思っていた」

英樹は自分のウィスキーをひとくち飲んで言った。

「続いている。だけど物理的な距離はどうしようもない」

「クールなんだよな」と康彦は言ってから、口調を変えた。「それとさ、いまだに不思議なんだけど、お前、理恵とも仲がよかったろう。おれなんて高校のころ、理恵は、お前と結婚するのかなと思っていたんだぞ」

理恵、という名が出た。英樹がこうした地元出身者の集まる席に出たくない理由のひとつは、その名を聞きたくないからだった。同級生の集まりとなれば、その名が出ないわけはないのだ。誰かが話題にしてしまったら、そうとう慎重に受け答えしなければならなくなる。

増田理恵。高校では同じクラスで、青少年赤十字の部活動をしていた女生徒だった。さばさばした性格で、部のマネージャー役としても有能だった。部の活動で大人たちと折衝することも多かったが、そうした大人たちからも評判がよかった。

彼女の父親は製材所勤務で、家はあまり裕福ではなかった。弟がふたりの、三人姉弟の長女だった。だから理恵は、高校を卒業したら地元で就職、と早くから言っていた。

「希望はたったひとつ。正社員。それだけ」と、きっぱり就職先についての条件を言っていたこともある。

ただ、地元では、その条件を満たす就職先はろくになかった。町役場、ショッピングモール、製乳工場といったところが、わりあい大きな雇用主だったけれど、地元の高校の卒業生を毎年採用しているわけでもない。理恵の希望がかなうかどうかは、難しいところだった。部活動で知り合った町のホテル経営者が、卒業したらうちで働けと何度も誘っていたというのは有名な話だったが、自分は接客業には向かないと、彼女はこの誘いをずっと断っていた。

理恵は、けっきょく卒業後は地元の農協で働き出した。残念ながら農協はその前後、新規採用を控えていたから、理恵は正規雇用ではなくアルバイトだった。

また宴会場のステージの周囲で拍手があって、来賓がステージを下りていった。

康彦が言った。

「お前は、秀一の結婚式にも来なかった。秀一が理恵と結婚したっていうのにさ」

それは英樹がまだ大学に通っている年だ。秀一は高校を卒業したあとすんなりと大学に入り、四年後には地元に帰って父親の建設会社で働き出した。それから半年後の十月に、理恵と結婚したのだ。さらにその半年後に、理恵は男の子を産んだ。当事者たちの気持ちがどうであれ、その結婚は藤堂の親族からは昔ふうに「嫁を迎えた」と表現してもおかしくはないものだったろう。

英樹は言った。

「おれはまだ大学生だった。飛行機代が出せなかった」

康彦が、ウィスキーをひと口すすってから言った。

「披露宴に来なかったから、おれたちはそのあといろいろ噂したんだ。話したっけ？」

別の同級生から、英樹の欠席をめぐっていろいろ憶測された、とは耳にしたことはある。でも英樹は訊いた。

「おれたちって？」

「学校の、親しかった面々さ」彼は町の喫茶店の名を出した。「あの二階にたむろしていた面々」

それはつまり、藤堂とその周辺の生徒たちということだった。藤堂は二年まではあの高校のラグビー部員で、惜しいところで花園大会に行きそこなった年のレギュラーだった。三年生になってすぐ肩を脱臼したところで退部したが、そのあとも学年ではいちばん有名で人気のある生徒だったろう。

英樹から見ても、彼は陽性の、健康そのものと言っていいような少年だった。また部活以外のことでも、誰かリーダー役を立てねばならなくなったとき、指名されれば彼はいつも嫌な顔を見せずに引き受けていた。町の不良たちからは目障りな生徒と映っていたはずだが、父親は建設会社を経営する有力者だ。藤堂にちょっかいを出すものはなかった。

藤堂が青少年赤十字部に入ったとき、まわりは驚いた。それまでの運動部エリートにとってはずいぶん大胆な転身のように感じられたからだ。でも、赤十字部の副部長は理恵だった。部活中にふたりが一緒にいる姿をよく見るようになって、藤堂の友人たちは納得したのだ。あのラグビー部のナンバーエイトが赤い羽根募金に立つ理由を。体格のいい藤堂が理恵の少し後ろを歩く姿は、大型犬とその犬を散歩させている少女のようにも見えた。理恵にじゃれる幸福を、藤堂はきっと早くから夢想していたのだろうと、英樹は想像したものだった。

英樹自身は、一年生のときからその赤十字部では少数派の男子部員のひとりだった。転勤族の子供だから、クラスでも微妙にはずれ者扱いされていたし、少し晩生《おくて》ぎみの男子生徒でもあった。スポーツは苦手で、いまふうに言うならインドアの少年だったのだ。なのに藤堂と親しくなったのは、お互いの性格や資質がまるで正反対だからだったという気がしている。藤堂には英樹は、保護本能を呼び起こす存在であったのかもしれなかった。

康彦が言った。

「あのみんなは言っていたんだ。理恵は高校時代からお前とつきあっていたのに、お前が町を離れたんで、藤堂がかっさらった。だからお前は、披露宴に来なかったって」

「お前は、そう信じてるのか?」

「いいや。お前と藤堂とが取り合いしたとは思ってないさ。理恵が選んだんだ。ただ、お前がそれにショックを受けたのは確かだと思ってる」

康彦は、にやりと笑みを見せた。図星だろうと言っている顔だ。

英樹は言った。

「おれはそのあとも藤堂とは会っているし、飲んでいる」

「ショックじゃなかった?」

「全然」

「ほんとのところ、高校時代は理恵とつきあっていたんじゃないのか?」

「いいや。そう見えていたか？」

康彦が、少しだけ考える様子を見せてから言った。

「できてはいなかったんだろうな」

「藤堂が、ずっとアプローチしてた」

「たしかに理恵は、藤堂にもそこそこいい感じだったよな。理恵の本命はどっちかって、何人かと賭けをしたこともあったくらいだ」

「お前はどっちに賭けた？」

「お前さ」

「大損したろう」

康彦は英樹の言葉を否定せずに続けた。

「お前たちは、どっちかが出し抜いたり、抜け駆けするような雰囲気が全然なかった。理恵も、どっちかを選んでお前たちの仲が終わることを望んでいなかった。だから、どっちとも距離を保ってたんだろうな」

「いまとは時代が違った。みんな、そこのところは保守的だった」

「いま思えばさ、理恵にしても、何も高校のあいだに決めてしまうことはなかった。みんな、それからどうなるかわからない年頃だったんだから」

たしかに自分について言えば、高校三年の卒業式の日でも、進路はまだ決まっていなかった。志望の大学の入学試験がまだ先であったし、ちょうど父が転勤するタイミングだった。不合格の場合、浪人できるのかどうか、どこで浪人するのかもわからない。英樹にはひと月先の自分の居場所さえ見当がついていなかった。

理恵は、就職先が決まらないままに卒業式を迎えていた。いい就職口がなければ、当面はつなぎのアルバイトをすると言っていたが、そのまま一年二年待ったところで、正社員の口が見つかるかどうかはあやしいところだった。人口二万二千の町に、突然好景気が来る可能性は薄かった。

藤堂は札幌の大学に進むことが決まっていた。卒業したら地元に戻って、いずれ親の跡を継ぐ。二代目経営者となる。彼の人生の基本のところは、あの時点ですでに石に彫られた予言のように固いものだった。

言ってみればあの時代、あの田舎町の高校三年の終わりという時期は、自分や理恵のように家の束縛が薄い者には、関係が白紙になったり、スクランブルされるのがあたりまえという不安定期だった。そこで何かを約束することは絶対に無謀であり、してしまえばそれは不誠実で軽率なものになるという時機だったのだ。英樹はそれを承知していたから、生来の慎重さにお錘《おもり》をつけるようにその日々を過ごしていた。

たぶん理恵も同じだ。彼女は、同い年ながら英樹よりもずっと賢く、遠目が利いた。彼女も約束することを避けていた。脱出不可能な穴に落ちぬようにと、用心深かった。

来賓のあいさつが耳に入ってきた。

「こうした事業を超えた社会的活動への関心は、藤堂くんが高校時代、すでに青少年赤十字活動に献身していたことからも、けっして昨日きょうの思いつきのことでないとわかります。ときとしては自分の不利益の覚悟も必要な、責任を伴う仕事を、彼は一度たりとも拒んだりすることはなかった。ある意味ではこうした少年の時代からの活動こそが、彼のライフワークであったのだと思えるわけです……」

　コンパニオンが英樹たちのウィスキーのグラスを替えてくれた。

　康彦が、新しいグラスからひとくち飲んで言った。

「お前が町を離れ、秀ちゃんも札幌に行って、理恵は町に残った。みんなそれぞれ、まるで違う人生を歩くのかなと思っていたら、秀一は理恵とつきあうようになった。しょっちゅう町に帰ってきて、おれたちを呼んでは一緒に酒を飲んだりするようになった。札幌ではけっこう学生生活を謳歌しているって話も聞いていたけど」

「あいつは格好いいし、金持ちだ。車も持っていた。もてたろうさ」

「何人かとつきあってみて、やっぱり嫁さんにするなら理恵だとわかったんだろうな」

「経営者二世としては、配偶者選びにその手順を踏むのは正しいな」

「なんだよ、その言い方」康彦が真顔になった。「やっぱり、取られたって思いがあるのか」

「ないって」

「ないならよけいに、披露宴に来ればよかったんだ。来なかったから、やっぱりお前と理恵は高校のとき、って話にもなったんだ」

「披露宴でしていい話じゃないぞ。でたらめなのに」

「おれがしたんじゃない。おれはわかってる。だけど、あの欠席は意味ありげだった」

　そのとおりだ。飛行機代がなかった、というのは、他人に納得してもらうときの言い分だ。ほんとうの理由は、康彦も感じていたとおりのものだ。

　卒業の前から、英樹は卒業したらどうするの?と、理恵に何度も訊かれていた。いや、進学するつもりだとは早くから言っていたから、どこに進学するのかということだった。高校三年の秋には父の次の赴任地が岐阜と決まっていたから、どっちみち家を出て下宿生活になる。本州の地方都市の、合格圏の国立大学の入学試験を受けるつもりだった。その志望校がなかなか決まらなかったのだ。

父親は林野庁のノンキャリアの公務員だった。下宿して進学するとなれば、国立大学に進む以外に道はなかった。東京の私立大学に入ることは選択肢になかった。

ふたりきりで最後にその話題になったときに、理恵は言った。

「東京に行けばいいのに」

「生活費が高い」

「そのぶん、アルバイトだって、たくさんある」

「理恵こそ、同じ就職なら、東京で仕事を見つければいい」

「それこそ家賃がたいへんでしょう。いまは寮があるような工場もないだろうし」言葉を切ってから、理恵はつけ加えた。「うちにも、おカネを入れなきゃならないから」

卒業式も済んだ三月の末、入学試験に失敗し、浪人することを告げると、理恵は言った。

「どこで浪人するの?」

「自宅。岐阜にも、予備校はあるだろう」

「遠いね」

「東京よりも」

「会えなくなる」

「気持ちの余裕もなくなるな」

三月の、寒い日だった。やってきたバスに乗って、理恵は妙に暗い顔で帰っていった。


ドレス姿の女性が近づいてきた。

「英樹くん」と、高校時代のような呼びかけ。同級生だ。四十年ぶりに見る。旧姓で言うなら園田真知子。彼女も、あのグループのひとりだった。札幌の短大に進学し、札幌で銀行に就職、当時の電電公社勤務の男と結婚したのではなかったろうか。

少しおおげさに再会を喜んでから、英樹は訊いた。

「いま東京にいるのか?」

「うん、もうずいぶんになる。旦那がこっちに戻って長いから」

ステージのほうで、こんどは少し大きな拍手が起こった。見ると、藤堂が壇に上ったところだった。藤堂はごくごく型通りに、しかし笑いも取って、長すぎずそつのないあいさつをして壇から下りた。この晴れがましい席が似合っていたし、慣れた印象もあった。

真知子が言った。

「こういうことになるの、秀ちゃんは高校生のときから予想させたよね。地元の名士になって、着実に偉くなって、とうとう藍綬褒章。絶対にそういうふうになるって、わかる男子だった」

英樹は同意した。

「面倒なポストは何でも押しつけられるタイプだったたな」

「ほんとうにそう。だけど、あれだけ恵まれてるのに、嫌味なところがない。秀ちゃんが理恵と結婚したことも、ポイントだった」

英樹が黙っていると、真知子はその理由を自分の口で言った。

「地元の、そんなに金持ちでもない家庭の、高卒の同級生と結婚したのよ。披露宴では、女の子たちはそのことをみんな褒めた」

英樹は確かめた。

「男として完璧だった？」

真知子は首を振った。

「仕事とか、世間とのことについてはね。結婚と家庭については、けっこうふつうの、金持ちの男になっちゃったけどね」

「どういう意味だ？」

「新しい奥さんは、知ってるの？」

「いや」と、英樹はステージの横に目を向けた。ひとの頭で、さっき見えていた藤堂の後妻の姿は見えなかった。

「会社の事務員さんなんだって。理恵が死ぬ前から、秀ちゃんとできていた」それから真知子は、少し咎めるような目を英樹に向けてきた。「理恵のお葬式、それほど大事な用事があって、来れなかったの？」

康彦も英樹に目を向けてくる。答を聞きたいと言っているようだ。

英樹は答えた。

「卒業して三十年にもなれば、葬式には出なくても不義理とは言えないだろう」

「あんなに仲がよかったのに」

「そもそも、卒業以来、町に戻ったことはないんだ。あの町は、遠すぎる」

「理恵や秀ちゃんに、何かいやな思い出でもあるの？」

「まさか。あのふたりを含めて、同級生のことは大好きだよ。いい高校生活だった」

康彦が言った。

「秀ちゃんが札幌に出るって前の日に、高校のみんなが集まった。覚えてるか？」

英樹は首を振った。

「それって、おれが町を離れたときのことだろう？」

「そうだったか？　お前はもう引っ越していたか。その日、理恵がいるところで、秀一は宣言したんだ。理恵はおれとつきあうことになったから、知っておいてくれって」

英樹は自分のグラスをゆっくりと口元に運び、ウィスキーをひとくち飲んでから訊いた。

「理恵はどう反応してた？」

「あたしは誰かの持ち物じゃないって、秀一に抗議するように言ってたぞ。秀ちゃんにそう言われて、必ずしもうれしそうという顔じゃなかった。まだ決まったわけじゃない、とか、そういう言い方だったかな」康彦は少し野卑にも見える微笑となった。「とにかくそこで、ふたりはできたんだなと思った」

真知子が、顔をしかめて康彦を見た。品がない、とでも言ったつもりなのかもしれない。それから英樹に顔を向けた。

「ああいう率直さっていうか、とにかくストレートなところなんか、秀ちゃんの魅力だとは思うんだ。だけど、結婚しても従業員や取引先にいる女性たちに、同じように接していたら危ない。誤解する女性は出てくる。ただでさえ条件のいい男なんだから」

康彦が言った。

「英樹には、何のことかわからないだろ」

真知子が訊いた。

「知らないの？」

「教えてくれ」

「理恵の失踪事件。結婚して十二年目ぐらいだったかな」

康彦がつけ加えた。

「昭和六二年だ」

「よく覚えているのね」と真知子。

「釧路湿原が、国立公園になった年。町はけっこう盛り上がったから、覚えてる」

「そうか」とうなずいてから、真知子は続けた。「理恵が子供ふたりを置いたまま、家を出た。深夜バスで札幌に向かって、しばらく行方不明だった」

康彦がつけ加えた。

「秀ちゃんが釧路にも営業所を出した次の年で、家を空けるようになっていた。もてる男の落とし穴ってやつだ」

「秀ちゃんがあちこちに電話したから、すぐに仲間うちにも家出の話は広がったの。かといって世間体もあるし、あんまりおおげさに探したりするわけにもいかないでしょ。けっきょく一週間たって、理恵ちゃんは戻ってきたんだけど」

「いなくなって三日目ぐらいに、心配しないでって、秀一のところに電話はかかってきたんだ。ちょっと気持ちを整理しているからって言ったらしい。秀一は、離婚を覚悟したそうだ。男の子ふたりは自分の側で育てる。彼女を自由にしてやるって。だけど、そうはならなかった」

「下の子が十歳だったの」

「戻ってきてからも、悪いのは秀一だったから、大きなトラブルにもならなかった。理恵自身も、カラッと笑い飛ばしていたよな。ストライキしたんだって」

「秀ちゃん理恵に平謝りして、解決して、その後は何もなかったみたいに理恵は主婦と母親を続けていた」

「だけど、よく酒を飲むようになっていったんだよな。子供が中学を出てからは、台所で飲むだけじゃなく、飲み屋街にも出て飲むようになった。あの町だから、飲み屋街まで歩いていける。仲間は、依存症を心配していた」

「そして、あの突然死だった。まわりが心の準備する間もなかった」

英樹はふたりに訊いた。

「死因は、けっきょく何だったんだ?」

真知子が答えた。

「急性心不全、って秀ちゃんからは聞いた。心労が続いていたのかもしれない」

会場内を、おめでとうの声が近づいてくる。英樹たちは会話を止めた。主賓である藤堂が、夫人と共に客たちにあいさつをするため、宴会場の中を回り始めたようだ。

藤堂が英樹たちの前にやってきた。藤堂は英樹と真知子の顔を見て、破顔した。

「ありがとう、きてくれて！」

ほんの少しの芝居気もない歓迎の表情だった。藤堂は真知子に軽くハグし、英樹に対しては両肩を軽く叩いてきた。英樹は藤堂を見つめながら、あらためて思った。たしかにこの屈託のない向日性の男にならば、誰もがひと目見た瞬間に好感を持ってしまいそうだ。男でも、女でもだ。

「おめでとう」と英樹は言った。「すごいぞ」

「順番さ」と藤堂は謙遜して言った。「業界の役員も早くからやってきたしな」

「格好よかったよ」と、真知子が言った。

「かみさんだ」と夫人を紹介されて、英樹は頭を下げた。

藤堂が夫人に英樹を紹介した。

「高校からの親友だ」

「ああ」と夫人は言った。「わたしよりもずっと、秀一さんのことを知っているんですね」

「ゆっくり話したいんだけど」と、藤堂は恐縮そうに言った。「二次会は、業界関係者だけの会なんだ」

真知子が言った。

「友達は、まだお祝いする機会もある。気にしないで」

「英樹も、いつかゆっくり飲もうな。いつもばたばたで、ろくに話もできない」

「ああ」と、英樹は了解した。「お前が上京しているときに、うまくタイミングが合えば」

スーツに腕章を巻いた男が、藤堂の写真を撮っている。プロのカメラマンが雇われているようだ。

少し離れた位置から、かなり年配者の声がした。

「藤堂、早くこっちにも」

呼んだのは業界の関係者か、もしかすると政界の先輩なのかもしれない。藤堂は、すまない、と小声で言うと、夫人の背を押して離れていった。

康彦が言った。

「次は、道議会議員かな」

真知子がうなずいた。

「ああいう田舎では、議員になるのは義務みたいなところがある。まわりがそれを口にしたときは、もう断れないよね」

そばに来たコンパニオンに、英樹はグラスを替えてもらった。新しいグラスからウィスキーを飲むと、康彦が呆れたように言った。

「飲むようになったんだな」

「ああ」

飲む理由はあった。

あのときの、理恵の言葉。

一度目は、十八歳の三月も末近く、引っ越しする前日だった。あの日、理恵が夜に二時間だけアルバイトしていた喫茶店の閉店後の店の中で、彼女はいくらかはすがるような調子で言ったのだった。

「将来のことがわからなくても、来いって言えば、あたしは行くよ。この町を出るよ」

そうして二度目は、英樹が再びひとり暮らしを始めていた時期。三十五歳になった初夏だ。阿佐ケ谷駅から十五分ほど歩くアパートの一室で、上目づかいに英樹を見ながら理恵は言った。

「ここにいろって言ってくれれば、いるつもりできたの。あのうちを出るよ」

どちらのときも、英樹が答をためらっているうちに、理恵は笑った。

無茶なことを言った、忘れてと。

背中のほうで、大きな笑い声が上がった。その笑いの中心には藤堂がいるのだ。彼の将来について、何か愉快な構想が語られたのだろう。勤め人とは違い、彼はまだまだリタイアの年齢には遠かった。まったく新しいことを始めることもできる。新しい関係を作ることも。だからこの褒章受章は、藤堂にとって万歳すべき到達点ではなく、むしろあらためて尻を叩かれる跳躍台だ。そのように使うことを期待されている。

英樹は、グラスのウィスキーを見つめて思った。藤堂は、自分たちのことをどの程度知っていたのだろう。理恵は打ち明けたりはしなかったのだろうか。藤堂が問い詰めることを自制したのか。自分と理恵が十八歳のときのことと、三十五歳のときのことを。自分が藤堂とは違ってなお罰を受け続けている理由の、そのひとつの事情だけでも、理恵は語ってはいなかったのだろうか。

三月の雪

ドアが遠慮がちに開く音がした。

千晶はカウンターの中から戸口を見つめた。

やっと客が来たかと期待したのだ。午後からの雨が、夕方には雪に変わったという寒い土曜日の深夜だった。

ドアが半分開いて、「こんばんは」と若い男が顔を覗かせた。

知った顔ではなかった。でも、一度くらいは誰かの連れとして来たことのある客かもしれなかった。男は二十代半ばくらいの歳かと見える。青年と呼んでもいい若さだ。

思い出そうとしているうちに、青年はドアの外に立ったままで続けた。

「ギターを弾かせてもらえませんか」

流しのギター弾き、ということだろうか。千晶はいぶかった。この周辺、流しのギター弾きが回っているとは聞いたことがない。さほど飲み屋の数の多い地区ではないし、客の側にも、流しのギター弾きに演奏を頼むような飲み方の伝統がない。

返答にとまどっていると、怪しまれたと思ったのか、千晶に見えるように身体の前にギターのハードケースを出した。

「ギターを弾いているんです。多少、ポピュラーもやれます」

千晶は、首を振って言った。

「きょうはもう、閉めようかと思っているのよ」

「そうですか」青年はかすかに落胆を見せた。「全然お客がなくて、終電もなくなってしまったものだから」

タクシー代もないということなのだろう。開いたドアから、冷たい空気が吹き込んでくる。夕方からの雪は積もりこそせずにいたけれど、おそらくはこの冬いちばんの寒さだった。そんな土曜日だったから、この時刻まで客はひとりもなかったのだ。千晶の店ばかりではなく、近隣の飲み屋はどこもあまり客はいなかったに違いない。

青年は、すがるような口調となった。

「あの、一曲弾きますので、お酒を一杯飲ませていただけないでしょうか」

そのまなざしは真剣だ。本気で懇願している。いま自分は寒くてひもじく、家に帰ろうにも帰れないと。

野卑にも、粗暴にも見えなかった。むしろ繊細で控えめそうな青年と見える。客のひとりもない店に招じ入れても、危険はないだろう。強盗に早変わりすることはない。自分の直感でしかないけれども。

千晶は気持ちを変えた。

「わたしが聴かせてもらおう。入って」

「ありがとうございます」と、青年はギターケースとビニール傘を持って、店の中に入ってきた。濃紺のハーフジャケットにジーンズ。ニットの手袋をしている。バックパックを背負っていた。額に前髪がかかる長髪だ。

青年は店の中に入ると、ドアの脇の傘立てにビニール傘を差した。

表通りから路地に折れて二十メートルばかりの位置にある、小さなバーだ。十二人が腰掛けることのできるLの字のかたちのカウンターには、いま客はいない。きょうは開店した午後の五時三十分から、ひとりの客もないのだ。完全にこのままお茶を挽いて終わりそうだった。

店があるのは、東京のオフィス街から、千葉のベッドタウンに向かう地下鉄の、その沿線駅の近くだった。山手線の内側にある住宅街の一角であり、駅近辺には、大学がひとつあるほかは、大きな職場もなかった。駅は乗換駅でもないから、地元に住む客か、帰宅の前に地下鉄を途中下車できる客が大半だ。

それでも十年ぐらい前ならまだ多少、客も入っていた。大学生だった千晶も、そのころから年に何度か頼まれてカウンターの中でアルバイトをしたことがあった。ただこの数年は、売り上げが二割近く減っていたらしい。飲食店をほかに二店持つオーナーも、閉店を考え始めていた。閉めるかもしれないと聞いたときに、千晶は自分が経営を引き継ぐと立候補したのだった。

千晶にとっては、近くにある大学が自分の出身校であり、同級生や友人などに声をかければ、多少の客はつくのではないかと期待したのだ。二十八歳になっていた。

店名をこれまでどおりで続けるなら、改装は自由だとも言ってもらえた。それで芝居仲間の舞台美術や電気設備の技術を持つ友人たちに、「昭和臭を消してくれないか」と頼んだ。彼らは喜んで引き受けてくれて、店の雰囲気を一新させた。古民家をいまのセンスでリノベーションさせたような内装となったのだ。千晶自身も自分のCDを持ち込み、さらに五十冊ばかりの手持ちの写真集も背後の壁の造り付けの書架に収めた。五十冊の中には、自分が自費出版した二点も含まれている。オープンした日にやってきた知人の版画家は、リトグラフ作品を二点プレゼントしてくれた。だからいまこの店は、美術展や写真展にも行くし、少しは文学の話もする、というタイプの客なら、居心地がいい店になっているはずだ。オープンしてしばらくは、千晶の予想を上回って客か多かった。

それから一年と八カ月、格安の家賃で店を続けてきた。でもあの増税以降ははっきりとわかるほどに客が減った。馴染み客の来る頻度が減ったのだ。そこにこの感染症蔓延による外出自粛の空気だ。密閉された、換気の悪い空間が危険だとなれば、酒飲みたちも酒場に行くことを控えぎみになる。

そうしてきょうも、最初の客を待っているうちに、この時刻になったのだった。どっちみち終電も出た。ならば二時まで、場合によっては始発電車まで営業したっていいのだ。たったひとりであろうと、とにかく客はあったという事実を作ったうえで、今夜を締めたかった。一回「坊主」があると、それが常態になってしまうような気がしているから。

それに今夜は、ＳＮＳに投稿した。

「きょうはふつうどおりの営業。換気をよくしています。雨ですが、世の中の自粛ムードを吹き飛ばしましょう」

その投稿は、午後六時だ。

二度目は午後の九時過ぎ。

「雪になりましたね。積もるかな。いっそ雪見酒になるといいけど」

そのような投稿をしてしまった以上は、早めに閉店するわけにもいかなかったのだ。千晶は、青年に入り口に近い席を示し、おしぼりを置いた。

「ここにどうぞ」

青年はギターケースを背後の壁に立てかけ、ジャケットをフックに引っ掛けると、カウンターのスツールに腰をおろした。

どうにかひとり、客は入った。

そう思ってから、違うと気づいた。ギターを弾くから一杯飲ませて欲しい、と入ってきたこの青年は、客とは言えない。むしろ自分が、このギター弾きの客としてロックオンされたということだろう。

「お酒は何がいい?」と千晶は訊いた。

「なんでもかまいません」と青年は答えた。

「ウィスキーの水割りでは?」

「はい」

千晶は、カウンターの内側で新しいタンブラーとウィスキーのボトルを用意しながら訊いた。

「いつもこのあたりで弾いてるの?」

「いえ。ここは初めてなんです。毎日場所を変えて、きょうはこの駅になりました」

「どんなのを弾くの?」

フラメンコだろうか、と予測しての質問だった。

青年は答えた。

「主にクラシックです」

少し意外だった。

「流しでクラシックだと、あまりお客さんもいないんじゃない?」

「そうですね。相手にしてもらえません。ときどき、『禁じられた遊び』のテーマのリクエストがあるくらいで」

千晶はスコッチ・ウィスキーの水割りを青年に作って出した。

青年はかしこまった様子で礼を言い、ひと口飲んだ。

千晶は自分のタンブラーにも、ウィスキーを注ぎ足した。きょうはこれで五杯目だ。肴を作ったり出したりの手間がないから、ついつい飲んでしまうのだ。客を待ちながら、スマートフォンで友人たちの近況などを眺めたり、あの投稿をアップしたりしていた。

同棲していたことのある男も久しぶりに書き込んでいた。別れてからも、SNSのフォローは切っていなかったのだ。具体的なところは書かれていないが、彼は最近数日里帰りしていたようだ。田舎の土産物の話題を、商品の写真と一緒に投稿していた。自分にとって故郷の味はこれしかない、というコメント。どうでもいい話題だけれど、投稿を読んで少し胸が騒いだ。

二年前に別れてからは、男の投稿はいつだって読むだけだ。ただの一度も反応したことはないし、コメントしたこともなかった。彼が帰国してもう半年ほどたつが、その報告があったときにも、千晶は反応せずにやり過ごした。

青年がふた口目を飲んだところで、千晶はまた訊いた。

「ぶしつけだけど、流しで食べてるの?」

「ええ」と青年は答えた。「いまはこれ以外では、収入がないんです」

「ということは、食べていけてるのね。プロってことだ」

「プロとはいえないでしょうね。ＣＤも出していないし、レギュラーとして出ているライブハウスもないんです」

「こういうの、長いの？」

「定職を辞めてしまって、二年になります。そのうち一年は、外国でした」

「留学していたってこと？」

「ええ。ギターの勉強に、ヨーロッパに行ってたんです」

おやおや、と千晶は内心で苦笑した。ここにもいたわ。外国で修業してきたって男が。

それでも、千晶は彼を讃えた。

「すごい」

青年はウィスキーの三口目を飲んでから、スツールの上で振り返った。写真集の並んだ棚の前に、ギターを弾ける程度のスペースはある。

「あの椅子を使ってもいいですか？」

青年が指さしたのは、予備の椅子だ。壁の角に置いてある。どうぞ、と千晶はうなずいて、かけていたイージーリスニングのＣＤを止めた。

青年はその椅子を棚の前へと運んだ。椅子はスチール製で、背もたれがついている。肘掛けはない。青年は腰をかけ、ケースからギターを取り出した。丁寧に扱われているとわかるクラシック・ギター。ボディトップは赤っぽくて、ピックガードはついていなかった。ブランド名まではわからない。

少し準備に時間をかけてから、青年はとくに曲名を伝えることもなく弾き始めた。柔らかな、そして悲しげな音色が店に流れた。こんな雨、こんな雪の夜には、似合い過ぎていると思えるような旋律。千晶はその音色の美しさに呆気にとられ、ついで演奏に引き込まれて、しばらく陶然として聴いていていた。短い曲だった。三分もなかったろう。

演奏が終わって千晶が拍手すると、青年は照れたように言った。

「ウォーミング・アップでした。練習曲で、『月光』って言うんです。何か希望はありますか？」

「おまかせするけど。リクエストするほど、ギターのクラシック曲って知らないから」

「エリック・サティはどうですか？　ジムノペディという曲ですが」

「お願い」それから思いついた。「写真撮って、ネットにアップしていい？」

「ええ」

スマートフォンで、ギターを持った青年を撮ってから訊いた。

「名前は？　演奏者の名前もアップする」

「タカハシケイタ」

「ふつうの高橋？」

「ええ。ケイタは土ふたつに太い」

千晶は、文字を入力しながら言った。

「高橋圭太ギターライブ、絶賛開催中、っていい？」

「ええ」

「これを読んで、ひょこっと顔を出すひとがいるといいけど」

防犯対策のつもりもある投稿だった。青年が千晶の意図に勘づいたかどうかは判断がつかない。言葉づかいが丁寧であることを考えれば、勘づいたとしてもそれを口には出さないだろう。

高橋圭太と名乗った青年は、すぐに弾き出した。こんどの曲は、ほとんど情感をうたわない抑制的な旋律だった。すぐに、店がまるで違う種類の空間になったようにさえ感じた。酒飲みたちの日常性がかすみ、猥雑さが消えていったような気がした。馴染み客がいるときは、この曲はふさわしくないかもしれない。

その曲は、いましがたの練習曲よりも少し長かった。終わって手を三つ打つと、青年はスツールに戻ってきて、またウィスキーをひと口飲んだ。

千晶は、さきほど気になったことを訊いた。

「ヨーロッパで勉強って、音楽学校に入ったってことなの?」

高橋は答えた。

「学校じゃなくて、ウィーンで個人レッスンを受けたんです。それからヨーロッパの大きな街を回って弾いていたんです」

「コンサートで?」

「ライブをやってる店に飛び込みで、弾かせてくれって言って。いまのこの流しみたいなものです」

「弾かせてくれるものなの?」

「ときたま、一応弾いてみせろと言ってくれるところがあって、そこまで行けば、やらせてもらえます。ただしギャラはなし。チップだけで。広場の隅で弾くこともありましたよ。国によっては、もぐりなんですけど。そこから帰ってきて、半年」

「いいね、そういう生き方」

「そうですか？」

「ええ。向上心があって、大胆で」

そう言ってしまったことが、自分でも意外だった。自分はあの男がこの高橋のようにヨーロッパで修業したいと言い出したとき、猛烈に反発したのではなかったか。ミラノの革工房に弟子入りしたいのだと、すでに自分は心を決めているという調子で言い出したとき。

いいや、と千晶は思い直した。自分が反発し、嫌ったのは、そんな前向きの、積極性のある生き方一般のことではなかった。彼にとってヨーロッパに行くことは、自分との仲の清算を意味していたからだった。行く先がミラノだろうとウィーンだろうと、あるいはウルムチでもいいが、要するにそこは千晶のいない場所であり、千晶から自由になれる土地ということだとしか考えられなかった。

そのときのことが瞬くように蘇ったが、千晶の思いにかぶせて高橋が言った。

「なかなかそんなふうに理解してくれるひとはいません」

千晶はまた訊いた。

「クラシック・ギターの勉強って、やっぱり音大に行くものなのでしょう？」

「ぼくは行ってません。中学時代に音楽教室で覚えたんです」

「あとは、ずっとひとりでこんなふうに弾いているの？」

「ウィーンに行く前は、教室がやってるギター合奏団に入っていましたよ。戻ってきてからは、ひとり」それから青年は言った。「そろそろ、また弾きますね」

高橋は壁際の椅子に戻ると、曲名を言うこともなく弾き始めた。聴いたことがある、とすぐに気づいた。ギターの曲としてではなく、弦楽四重奏の曲ではなかったろうか。ピアノ曲としても聴いた。『パッフェルベルのカノン』だと思い出した。

千晶は聴きながらまた写真を撮り、投稿した。

「天才高橋圭太さん。ギターひとつで、弦楽器四つ分の感動」そして曲名をつけ加えた。

終わると、高橋が訊いた。

「こんどは何をアップしているんです？」

千晶は自分のタンブラーにウィスキーを注ぎ足して答えた。

「天才の音にうっとりしているって」

「どんどんサービスしたくなります」

次に高橋が弾いたのは、ピアノ曲として聞き覚えがある曲だった。しかし、クラシックは詳しくない。千晶は、ショパン？と目で確かめた。高橋は弾きながらうなずいた。

弾き終えてから、ショパンのノクターン第九番だと高橋は教えてくれた。

外でまた雨音がしている。再び降り出したのだろうか。それとも残り雨か。どちらであれ、このあと、もう客はないだろう。

千晶は訊いた。

「お腹減っていない？　軽いものなら作るけど」

「いいんですか」と高橋は、また少し困った顔になった。「ほんとにおカネがないんです」

「気にしないで。わたしも空いているの。いちばんシンプルなのを作る。スパゲッティ・ペペロンチーノ。唐辛子とニンニクは大丈夫？」

「大好きです」

高橋は、ギターを壁に立てかけると、スツールのほうに移ってきた。

コンロに鍋をかけたとき、ＳＮＳにリアクションがあったとわかった。千晶はスレッドを開いてみた。常連がコメントを書いている。

「残念。もう寝酒やってるんだ。天才のギターライブ、次はいつ？」

未定ですが、と打とうとして、元の彼からも反応があったことに気づいた。いいね、と押してくれている。いま時刻は二時三十分過ぎ。彼がこんなに夜更かしして、友達の投稿を見ていたとは。

いや、そもそも彼が千晶の投稿にリアクションしてくることが、別れて以来だ。二年ぶりぐらいになるだろう。お互いいまでもフォローを切らずにいるが、コミュニケーションの道具としてはもう使っていなかった。

そもそも彼は、自分からはろくに投稿しない男だった。二月に一度あるかないかだ。それも、面白いものを目撃した、というようなときに、写真に短い文章を添えてアップするだけだ。ＳＮＳのヘビーユーザーではない。

逆に千晶は、一日に何度も投稿する。三度、四度はふつうだし、友人たちの投稿にも片っ端から、こまめにいいねをつけている。ただし彼は例外だった。彼が千晶に無反応を続けているのと同様に、千晶も彼がイタリアに行ってしまってから、つまり彼と別れてからきょうまで、彼の投稿にリアクションしたことはなかった。彼が半年前に帰国したのは彼自身の投稿で知っていたが、それでも千晶は「いいね」をしなかった。

なのに彼は今夜、流しのギター弾きが店にやってきたという千晶の投稿に反応している。この時刻に、気にしているよと、サインを送ってくれている。どういう風の吹き回しなのだろう。単に酔っ払って、つい押してしまったという程度のことだろうか。それともそれ以上の意味があるのか？　いいや、クリックひとつの操作に、ことさら意味を読もうとするのは愚かしいのかもしれないが。

湯が沸くのを待ちながら、千晶は訊いた。

「ウィーンに行く前は、どういう仕事だったの。もし訊いてよければ」

高橋が答えた。

「田舎で、営業です。音楽とはまったく関係のない仕事だったんですけどね」

「そのときも、ずっとギターは弾いていたんでしょう？」

「ええ。自分がこんなにギターをやりたいんだってわかったのは、勤めてからですよ。高校時代は、音大に行くことさえ考えていなかったんだから」

「勤め人のころは、どういうところで弾いていたの？」

「地元のアマチュア合奏団に入っていたんです。友人たちとのアンサンブルも少し」

千晶は、つい不思議そうな顔をしてしまったのだろう。彼は続けた。

「そのうち、もっとうまくなれないかって欲が出てきて。あるプロからおだてられたのも大きかったですね。東京で仕事を探して、空き時間に勉強するってことも考えたんですけど、どうせならヨーロッパで先生につこうかと」

「お金持ちだったのね」

「違いますよ。だけどそのときは実家住まいだから、少し貯金があったんです。一年ぐらいならこれで勉強して来れるんじゃないかって計算して、かといって正規に音楽学校に入るのは無理なんで、個人レッスンを受けようと。それで、おだててくれたプロに、ウィーンの先生に紹介状を書いてもらったり」

「そのときは、帰ってきてからは、流しをしようと計画していた？」

「いえ、行く前は、帰ってからのことはまったく考えてはいなかったんですよ。ただ、ここを突き抜けたら、また何か見えてくるものはあるだろうとは思っていました。漠然とね」

「ほんとうにすごい」

「お姉さんは、この店はいつごろから？」

「お姉さんは」千晶はそう呼ばれたことに笑って、カウンターの内側から高橋に名刺を出して言った。名刺を出すタイミングが、ここまでなかったのだ。「千晶姉さんは、ここで二年になる。それ以前は、ときどきバイト」

「素敵な店です」

「友達に内装とか照明とかを変えてもらったの。お芝居関係の友達がいるんで」

「俳優さんなんですか？」

「ううん。わたしは、写真を目指した。いまも、ときたまグループ展をしたり、写真集を出したり」少し自慢したくなった。「そこの棚に、わたしの写真集もある」

高橋はカウンターから、弾いていたときの椅子に移り、写真集を一冊ずつ眺め始めた。

トマトとモッツァレラ・チーズでカプレーゼを作っていると、高橋は千晶の写真集の一点に目を落として訊いてきた。

「これは、どこで撮影しているんです?」

千晶はその写真に目をやって答えた。

「架空の町を設定したの。舞台が架空だから、写っている若い女性も、架空の存在」

高橋は、それでわかったという表情となってうなずいた。

「もうひとつのほうは、仲間が作ったお芝居を、そのまま現実の街なかに持っていって撮ったの」

ふたりぶんの夜食ができたので、カウンターをはさむようにして食事を始めた。

高橋は、最初のうち無言でパスタを食べていたが、途中で感極まったように言った。

「自分、ハラペコだったんです。昼も食べていなかった」

「これからも流しを続けるの?」

「まだしばらくは。ギター教室で講師はどうか、と勧めてくれるひともいるんです。だけどぼくは、きちんと音楽教育を受けたわけではないし、難しいと思っています。どこか決まった店で、定期的にライブができるようになったら、あとはアルバイトして食べていけると思っているんですが」

「いまは、コロナ・ウイルスのせいで、ライブハウスも営業自粛でしょう?」

「いちばん悪い時期に帰ってきたのかもしれないですね」

「向こうでも流しができたんなら、あちらに戻るというのはどうなの？」

高橋は、水を飲んでから言った。

「向こうでやっていけるほどの技術じゃありません。観光地で、ギャラを出す必要もないからやらせてもらったんだ、ってことはわかっていますし」

ふと気になったことを訊いた。

「勤めを辞めてウィーンに行ったこと、後悔している？」

「いいえ」と高橋は笑った。「自分のレベルを知った。自分には何が足りなくて、だから何が必要なのか、諦めたほうがいいことは何かもわかりましたよ。これって、すごい大事なことだと思いません？」

同意できる。彼も似たようなことを言った。

「自分がどの程度のものなのか、ここにいてはわからないんだ。仲間うちで褒められたり、認められたりして、東京の業界の中のおよその序列はわかる。だけど、それがほんとうに確実な序列なのかがわからない。おれは、自分の水準を知りたい」

何を子供っぽいことをと、言われるたびに思ったものだった。彼は革鞄の縫製職人だったけれど、皮革製品のメーカーの社員である以上、その名前が世の中に広まることはない。その名前で製品を買ってもらえるわけではない。ましてやファッション雑誌のグラビアページで紹介されるはずもない。それに彼は早くから職人仕事を自分の道と決めていた男ではないのだ。たまたま服飾の専門学校在学中に自分の器用さに目覚めて、皮革工芸の道に進んでいる。千晶には彼がまたそのうち違う分野に移りたいと言い出すのではないかという、漠とした予測さえあった。たとえばパティシエとか、何か流行りのスポーツのインストラクターとかだ。その転身が現実的かどうかは別としても。

だから、彼がミラノの工房へ弟子入りしたいと言い出したとき、格好よく会社を辞めるための方便に過ぎない、と千晶は感じたのだった。もっと言ってしまえば、彼は千晶との関係も清算したかったのだろうと思った。同棲を打ち切る理由として、退社とイタリア行きはいい理由になるのだから。そのとき千晶は、東京での生活を完全に捨ててまで彼についてイタリアに行きたいとは思わなかった。そもそも自分は働ける？　労働ビザもなく、貯金もなしで、どうやって暮らしたらいい？　彼がいつまで向こうにいることになるのかも、見当がつかなかった。また遠距離恋愛が自分たちのあいだで続くはずもないとわかっていた。千晶はたぶん、彼が期待している以上に実際的なのだ。

同棲しているアパートの家賃は、完全に折半という約束だった。彼がイタリアに行ってしまったら、千晶はそのアパートを維持できない。彼が行ってしまえば、自分はひとり暮らし用の小さなアパートに移るしかない。そうなった場合、彼が帰って来たときには——もし彼に帰ってくるつもりがあったとしてだが——一緒に住む部屋もないのだ。

千晶は別れることを決めて、彼がイタリアに発つ二日前にアパートを引き払った。この店を引き継ぐ話が出たのは、それから二カ月後だった。

高橋がまた椅子を移って、曲名を言わずに弾き始めた。それまでと違い、細かく音が震えるような弾き方。感傷的な旋律。耳に馴染みのある曲だった。『アルハンブラ宮殿の思い出』だ。

自分がこれまで聴いてきた演奏よりも、高橋の演奏は少しゆったりめのテンポに感じた。千晶は黙って演奏に聴き入った。弦の震えに、自分の胸が共振していくように感じた。

彼との同棲生活が思い出された。とくに最初のころ。始まってからの半年。互いの細胞がすっかり解けてひとつになればいいとさえ願ったころのこと。胸を密着させ心臓の鼓動が一致していることを確かめて、満たされていた日々。自分たちにはたしかに、そんな時期があった。

気がつくと、曲が終わっていた。

高橋が不思議そうな顔で千晶を見つめている。

涙ぐんでいた。あわてて千晶は、ハンカチを出して目縁《まぶち》をぬぐった。

高橋が、不安そうに訊いてくる。

「何か、いやな思い出の曲でしたか？」

「いいえ、そんなことはない。あまりにも素敵で」

「よかった」

高橋が、椅子の上でいったん姿勢を直してからまた弾き始めた。こんどは軽やかで、同時に優雅にも聞こえる曲だった。バッハのフランス組曲の中からだ、と弾き終えてから高橋は教えてくれた。本来はピアノで演奏されることの多い曲だが、ギター用に編曲されたものだという。

次に高橋が弾きだしたのはショパンのノクターン第二番だった。千晶も、ピアノでは聴いたことのある曲だった。やはりギターのための編曲版なのだという。甘く感傷的な音色と旋律に、千晶はまた彼と過ごした時間を思い出さずにはいられなかった。同棲を決めるころ、彼が毎晩のように耳元でささやいてくれたこと。自分たちの時間。自分たちの夢。

高橋が弾いているあいだに、またスマートフォンに、ＳＮＳへコメントがついたと表示があった。

彼からだった。さっきのミニライブの投稿に、コメントしている。

「雪の夜のギターライブは続いているの？」

どうしたのだろうと、千晶はコメントを見つめた。

さっきまでの雪のせいで、ひと恋しくなっている？　わたしと話したがっている？　それともただの退屈しのぎのコメント？

それともこれから店まで来たいということだろうか？　彼は帰国後は総武線の沿線に住んでいるらしい。タクシーでやってこれない距離でもないのかもしれない。

少し考えたが、返信はしなかった。代わりに、また演奏中の高橋の写真を撮り、コメントをつけてアップした。

「ショパンを聴いている雪の夜。あ、雪は降りやんでいるけど」

アップしてすぐに彼から、いいね、と反応があった。彼は、返信を待ってスマートフォンを見つめていたのだ。

どうしよう。何かひとこと、書く？　ライブはまだ続いてるよ、と事実だけでも。でもそれって、せっかくきれいに切ったはずの関係に、また水をやってしまうことにならない？　まだどこかに、もとに戻る可能性はあるよと伝えることにならない？　こんな雪の降った夜は、自分もあなたのことをつい思い出してしまうと、伝えることにならない？

考えているうちに、高橋が弾き終えた。

千晶は訊いた。

「ヨーロッパで、ミラノには行ったことはある?」

「ありますよ。ママさんも、行ったんですか?」

「昔の彼が、ミラノに住んでいた。行ったのはいつごろ?」

「一昨年の十月、いや十一月かな。長くはいません」

彼がまだミラノにいた時期と重なる。

「街にいる日本人のことなんて、知ったりするもの?」

「大きな街ですからね。日本人も大勢いる。音楽関係、美術の関係とか。やっぱり音楽関係のひとですか?」

「皮革職人なの」

「ああ、そういう職人さんもけっこういる街みたいです。日本人で、有名な仕立屋さんもいたな。でもぼくは、じっさいのところ、音楽関係の日本人とも、ほとんど接触があったわけじゃないですけど」

次に高橋が弾いたのは、パガニーニのカプリース第二四番という曲だった。メロディに聞き覚えはあったが、さほど馴染みがある曲ではなかった。かなり技巧的な曲と聞こえた。

長めのその曲が終わって拍手をしてから、千晶は言った。

「ひと休みしたら。まだ飲めるでしょう?」

「ずいぶんいただきました」と高橋が言った。「このまま、弾かせてもらっていいですか?」

「かまわない。わたしのことを、リクエストした客とは思わないで、好きなものを存分に弾いて」

「ありがとうございます。お店を回るときって、ついついポピュラーなものでサービスしようかという気になってしまうので」

「自分のライブだと思って。わたしは黙って聴かせてもらう」

高橋は、また弾き始めた。一曲が終わっても、もう曲名を教えてくれることもなかった。二、三分程度の短い曲と、七、八分の長い曲を交互に数曲弾いた。乗ってきたのか、それとも客とは思わなくていいという千晶の言葉が効いたのか、完全に演奏に没頭していた。

聴きながらコーヒーを淹れた。高橋が弾き終えてカウンターのスツールに戻ってきたところで、コーヒーを出した。高橋は、さすがに疲れてきたと見えて、ふっと息を吐いて頭を下げた。

コーヒーを飲んでいるあいだ、千晶は高橋のヨーロッパの生活のことを質問し、高橋のほうは千晶の写真について質問してきた。そのコーヒータイムはしばらく続いた。高橋も、それまでの丁寧すぎる口調を少しずつくだけたものにしていった。話題はさらに脱線しながら広がっていった。ふだんの客とはしない話題になっていった。

ふと時計を見ると、五時近い。都心・西方向行きの地下鉄の始発まで、あと十分ほどだ。

高橋も店の壁の時計に目をやって、店を出る時刻だと気づいたようだ。少し上気したような顔で言った。

「きょうは、雪の中で死んでいたかもしれなかった。荒野で女神に会ったような気分です」

千晶は微笑した。

「こっちこそ、プロのギターを、水割りをたった四杯かそこいらであんなにたっぷり聴かせてもらった」

「うれしくて飲み過ぎました。また、こっちのほうを回ってもいいですかね？」

「もっと早い時間に来たら。もっとも、うちのお客さんで、ショパンを聴きたいとリクエストするひとは少ないと思うけど」

高橋は微笑した。

「大丈夫です。けっこう柔軟にやれますから」

高橋はギターをケースに入れ、ジャケットを着込むと、ギターケースを持ち、千晶に頭を下げてドアノブに手をかけた。千晶もカウンターを出た。

頭を下げてから高橋はドアを開けた。まだ外は真っ暗だ。ただ、雨は上がっている。高橋は路地の濡れた敷石の上へと歩み出た。千晶も続いた。

高橋の靴音が路地を表通りへと遠ざかっていった。看板脇に立って高橋の背中を見送っていると、彼は路地を出るところで振り返り、千晶にもう一度頭を下げてきた。千晶も小さく胸の横で手を振った。

看板を店に入れてシンクの片づけを始めたとき、スマートフォンにまた何か着信の表示があった。

彼だろう。

どうしよう、と千晶は食器を洗う手を止めた。何か返事する？　リアクションする？　それとも友達に向けて、ライブが終わった事実を伝える？　素晴らしいギターのライブだったと、感激ぎみのコメントをつけて。

決められなかった。千晶はあらためて、タンブラーや皿を洗い始めた。

彼にコメントを返すにしても、とりあえずこの片づけが終わってからでいい。店を閉める直前でいい。

終わる日々

到着ロビーに出たところにデスクがあって、そこに検温モニターが置かれていた。出口のどこかに設置されたサーマルカメラが、モニターの画面上に乗降客の体温を示すのだ。モニターが二台並んだデスクの前を通りすぎようとすると、若い女性の係員が、プリントした紙を一枚渡してくれた。

「お気をつけて、行ってらしてください」

平熱だということだ。再検査は受けずにすむ。空港内に引き止められない。隔離されない。

中島敏夫は、うなずいてその言わば「入域検問所」を抜けた。COVID-19の蔓延により、七都府県に緊急事態宣言が出て一週間が経っている。都市間の移動、というか、東京から他府県への移動が、反社会的な行為という印象になってきていた。とくに北海道では、他府県から感染者がやってくることに神経質になっている。東京よりも一段レベルの高い防疫態勢を取っているようだった。

敏夫は閑散とした到着ロビーを進み、地下のJR駅に降りるエスカレーターに乗った。空港からはJRの快速電車で札幌に向うのだ。飛行機便が減っているから、電車のほうもたぶん間引き運行されているはずだ。どのくらい待つことになるのか。通常であれば、十五分に一本は札幌方面行きの電車があったはずだが。

切符売り場で、十分後に札幌方面行きが出ると知った。周囲を見渡しても、その列車に乗りそうな客の姿はまばらだ。指定席券を買う必要はなさそうだったが、念のために販売機で空席を確かめてみた。荷物置き場の前の、隣席のないシートがひとつ空いている。敏夫はそのシートの指定席券を買った。

改札を抜けて、さらにエスカレーターでプラットフォームへ降りると、さすがにまだサクラも咲かない季節の北海道だった。冷気がすっと敏夫の身体を包んだ。滞在中は、風邪を引かぬよう注意しなければならない。もしこちらにいるあいだに熱でも出そうものなら、飛行機への搭乗を拒まれて北海道を出ることができなくなる。

列車は、もう二番線の乗り場に入っていた。出発まで少し余裕があったから、敏夫はすぐには乗り込まず、携帯電話を取り出した。妹からの着信がある。すぐに電話をかけた。

「着いた?」と、妹の由美子が訊いた。

「いま少し前に」

「体温測られたんでしょう?」

「平熱だ。無事に北海道入りできた」

「大変なときに、ごめんね」

「いや、このコロナで、どっちみち在宅勤務になっているんだ。むしろ動きやすかった」逆に由美子に訊いた。「お前は、いまは?」

「病院」と由美子は暗い声になった。「少し前まで、病室にいたの」

「容態は?」

「眠ってる。さっきまでは、しゃっきりしていた。話もできた」

「意識がなくなったってことか？」

「ううん。ただ、先生はやはりこの数日がヤマだろうって」

敏夫は腕時計を見た。午後三時二十分過ぎだ。

「いまから一時間半ちょっとで行けると思う。ホテルのチェックインはあと回しにする」

「待ってる」

携帯電話を切ってから、敏夫は列車に乗った。

父が三日前に肺炎で入院したのだ。呼吸が苦しくなり、いつもの病院に予約なしで行って診察を受けたという。

こんな時期だから、由美子から電話をもらったとき、新型肺炎ではないのかと思わず確認した。しかし、父がずっとかかっていた病院の主治医が診たのだから、そちらの可能性はゼロとのことだ。そもそも父は十年以上も外国旅行をしたことはないし、この一年ばかりは札幌の市街地まで出たこともなかった。しばらく大勢が集まる会食の場にも出ていなかったし、熱もなかったという。父は八十八歳だが、大病したことはなく、つい先日まではふつうに日に二度の散歩もしていたのだ。正月に電話したときも、元気そのものだと敏夫に言っていた。

しかし、前夜から呼吸が苦しいと言い出した。妹は父に、誤嚥性肺炎でないか、とからかいつつ病院に連れていった。レントゲンを撮ったあと、妹は父と一緒に呼ばれて診察室に入った。医師はレントゲン写真を示しながら、軽い調子で父に言ったのだという。ウイルス性の肺炎です。抗生物質を服《の》んでもらって、一週間ぐらい入院になりますかね、と。父はそのまま入院することとなった。

入院の手続きをして、父を病室に入れたあと、妹は医師に呼ばれて言われた。

「あと一週間、持たないかもしれません」

それが三日前だという。


妹から父が入院したという電話を受け、敏夫はすぐに帰郷を決めた。

父とも妹とも、会うのは七年ぶりになる。母の葬儀以来だ。母は晩年近く糖尿病を患い、何度か入退院を繰り返したあとに、心筋梗塞で死んだのだった。その葬儀のとき以来、敏夫は父とも妹とも会っていなかった。

電話を受けてすぐ、翌日の飛行機を予約しようとしたが、東京から新千歳空港への便は大幅に減っていて、予約できなかった。ようやく取れたのが、きょうの、いま乗ってきた便だ。

「飛行機が取れた」と妹に電話したとき、「ほんとに、よかったの?」と訊かれた。

妹は、敏夫が父とは不和だったことは承知している。たしかに折り合いは悪かったし、縁を切ったように生きた時期もあった。妹の前ではなかったけれど、父を直接罵ったことも、お互いに怒鳴り合ったこともあった。そのことは、妹も父自身から、あるいは母を通じて聞いていたことだろう。

「ほんとに、よかったの?」とは、父を看取ることが嫌ではないのか、ということだ。

兄にとって、飛行機代をかけ、仕事を休んで札幌まで来るだけの意味はあるのかと、妹は問うている。見舞いに行くつもりはない、という反応さえ、予測していたのかもしれない。父親が生きようと死のうと自分には関係がない、とまで言われることも、覚悟していたか。

だから、いくらかは安堵のこもった声で「ほんとうに、よかったの?」と妹は訊いてきたのだ。父とは、縁を切ったようには生きてきた。でも、憎んできたわけではない。呪ったこともない。いよいよ息を引き取るとなれば、そばにはいたい。それが正直な気持ちだった。

敏夫が乗った列車は、四十分弱で札幌駅に着いた。

父が入院したという病院までは、バスに乗り換えて四十分ほどかかる。待ち時間を入れていたら、小一時間か。この場合はタクシーで行くべきだろう。父は一週間持たないと言われた時点から、少なくとも二日半は経っているのだから。少しでも早めに着いて、妹の負担を軽くしてやりたかった。いまさら、何を代わってやろうと遅いかもしれないが。

妹は、大学卒業後は東京で働いていたが、母が最初に糖尿病で入院したときに実家に戻って、両親と一緒に暮らしてきた。いや、両親の面倒を見るために札幌に戻った、と言ったほうが正確だろう。そのときはシングルマザーだった。下の男の子は高校を卒業したところで、上の女の子は東京の私大に通っていた。妹は札幌の大型ホームセンターで、一日に三時間から四時間、パートタイム仕事をするようになった。

なのに兄の自分はその前の何年も、生家の苦境を冷やかに見ていた。すべては父の責任だと、完全に両親に背を向け、世話もトラブルの処理も妹にまかせきりにしてきた。

そもそも妹の離婚だって、あの親たちに責任がある。結婚した相手の両親がああであれば、自分だって離婚する。自分まで泥沼に引きずり込まれないうちにだ。敏夫は、子供ふたりを妹に押しつけて離婚した妹の元の亭主のことを恨んだことはない。むしろ、自分を責めてきた。妹と両親とのあいだに入って、妹に幸せな家庭を維持させるのは、兄の役割でもあったはずだから。

妹は結婚するときに、敏夫に電話をくれた。

「式、出てくれる？」

敏夫はそのころ札幌市内で女性と同棲していた。両親には、一緒に暮らしている相手がいるとは教えていた。妹には、同棲相手の名前が、久美子、であることまでも伝えていた。

妹はそのとき言った。

「久美子さんも、出てくれたらうれしいんだけど」

「それは無理だな」と、すぐに拒んだ。

妹の魂胆はわかったのだ。自分の披露宴に兄が同棲相手と一緒に出席したら、兄もその女性と結婚する気になるのではないかと期待したのだ。兄の同棲が真剣なものであることを、確かめたいという気持ちもあったのだろう。残念なことに、敏夫は久美子と家庭を作ることは考えていなかった。というか、あのときは家庭を持つという夢自体を退けていた。家庭など持ってたまるかという気持ちのほうが強かったのだ。久美子と同棲を始めたときも、久美子には絶対にそのことの意味を誤解せぬよう、くどいくらいに口にした。自分は家庭を持つ意志はないこと、同棲は結婚のトライアルの意味ではないことを。

「久美子も」と敏夫は妹に言った。「仕事が詰まっているんだ。東京に行く余裕はないと思う。兄さんは出るよ」

妹の結婚式と披露宴は、東京の新宿にあるホテルで行われた。札幌から行ったのは、自分と両親だけだ。ほかに親族がないではなかったが、みな欠席した。結婚相手は、その披露宴の半年ほど前に妹と一緒に札幌にやってきて、両親にはあいさつしていっている。しかし敏夫は、この結婚式と披露宴で初めて相手を見たのだった。真面目そうな、というか、どちらかと言えば不器用そうな男だった。工作機械メーカーの工場にいるとのことだった。妹は大手予備校チェーンに勤めていた。

式の当日、両親は先方の両親と会うときもぎこちなかった。妹は家庭の事情など詳しく相手に伝えているはずもなく、だからといって何の疵《きず》もない中産階級の親を演じることも、両親にはかなり苦労だったことだろう。いや、少なくとも父親はだ。敏夫は、いい歳をして身を固めていない困った長男、困った兄そのままでいればよかった。どっちみち、親族だからといって深いつきあいになるはずはないのだ。妹は、結婚したあとは完全に、あちら側の家族として生きるだろうと思えていた。

妹が結婚したのは、彼女が二十八歳のときだった。一年後に女の子が生まれた。それからさらに二年後には男の子だ。

敏夫が首都圏に転勤となったのは、妹がふたり目の子供を産んだころだ。敏夫は札幌支店採用の現場回りの社員だったが、それまでの働きぶりが評価されて、千葉の営業所に異動できたのだった。久美子とはそのときに別れた。

転勤後は、妹家族とは一年に一度くらいは会うようになった。たいがいは妹の家に、正月に招《よ》ばれたのだ。妹の子供のために、お年玉をやるためのポチ袋を買うという楽しみを、敏夫はこのとき覚えた。

妹の結婚生活は、さほど長くは続かなかった。下の子が小学校に入ったころに、離婚したのだ。

妹の離婚の理由は、母だった。

タクシー運転手に病院の名を告げると、その運転手は言った。

「お客さん、東京から？」

札幌駅のタクシー乗り場で乗ったのだ。キャリーバッグも引いている。そう推測されてもおかしくはない。

「ああ、そうだけど」

「千歳空港で、体温測ってるんですって？」

感染者ではないか、探りを入れてきたのだろう。

「やってたね。平熱なんで、通してもらった」

「札幌は、病院でも感染が出てるんですよ。医療崩壊だって言われてますよ」

「いまの病院、大丈夫でしょう？」

「ニュースにはなってませんね」

冗談めかしてつけ加えた。

「身内の見舞いなんだけど、行っても大丈夫だ、って保証してもらった」

新型肺炎の患者を見舞うのではない、と言ったつもりだった。運転手はそれ以上は話題を続けなかった。

豊平川を渡り、幹線道を南下して、三十分弱で病院に着いた。総合病院だが、四階建てで、想像していたよりは小さな規模だった。敏夫は二階に上がって、ナースステーションで病室を聞いた。四階だという。女性看護師が、念のためなのですが、と敏夫の体温を非接触式の体温計で測った。

階段を使って四階に上がり、教えられた病室に行った。ドアは開け放してある。ひとり部屋で、父親はベッドの背を起こして起きていた。鼻に鼻孔カニューレをつけている。ベッドの脇の椅子には、妹がいた。

「兄さんがきた」と妹は父に言った。

父は首をめぐらしてきた。

「来たよ」と敏夫は言いながら病室に入った。自分でもはっきりわかるほどに、硬い声となっていた。

「おお」と、父はぶっきらぼうに言った。

妹が出してくれたスツールに腰掛けて、父の顔をのぞきこんだ。当然ながら七年前よりも老け込んでいたし、顔の色艶もよくなかった。肌が乾燥しているように見える。八八歳だ。

妹が父に言った。

「こういう時期だから、一応兄さんに声をかけたの。そしたら、すぐに来ると言ってくれて」

「そうか」と父は少し頬を緩めた。「仕事、大丈夫だったのか?」

痰がからんでいるような声でもなかった。

「しばらく自宅勤務になった。いいタイミングだった」

「お前は、体調はどうなんだ?」

「とくに、どこにも不調はないよ」

「東京は大変だろう?」

「身の回りでは、あまり変わりはないよ」

「そうか」

そのあと、言葉は続かなかった。父は妹のほうに目を向けた。妹は父に、微笑してうなずいた。よかったでしょう、と言っているのか、無理に何かしゃべらなくてもいいのよ、とでも言ったのか。


敏夫も、次の話題が見つからなかった。こんなとき、何をどんなふうに話したらいいのかわからない。

敏夫が思春期を過ぎてからは、父とは、他愛のない、しかし家族同士にあるべき愛情に裏打ちされた会話などしたことがないのだ。敏夫が成人し、同時に母の抱えるトラブルが大きなものになってきてからは、敏夫が父に向けて口をきくときは、必ずそれは非難であり、難詰であり、罵倒だった。母の急死でそれは終わったけれども、同時に、父と会話をする機会もなくなった。


父がまた敏夫に目を向けてきた。

「恵美さんとは、まだ一緒なのか？」

恵美とは、内縁関係にある女性だ。八年以上一緒に住んでいて、母の葬儀のときには、自分には事実婚の女性がいると父にも妹にも伝えていた。

「一緒だ」

「そうか」

また少し間が空いた。父は、次の話の接ぎ穂を見つけられずに、困っている。息子のほうから何か父も乗ってこれそうな話題を出してやるべきなのだろうが、とくに何も思いつかなかった。

子供か孫でもいれば、スマホを取り出して見せてやれるのだが。いや、ペットでもいい。猫の写真が一枚あれば、一分ぐらいは間を持たせることはできるのではないか。それとも父は、恵美の話を聞きたいのか。最近の様子とか、彼女の仕事とか。

敏夫は話題をひとつ思いついた。

「煙草、喫《す》いたいんじゃない？」

非難の調子にせずに、冗談として展開することはできるはずだ。

「まさか」と、父は微苦笑した。「ここで煙草なんて喫えるか」

「我慢できるのかい？」

「もう長いこと、一日に三本くらいだからな」

妹が弁解するように言った。

「お父さん、止めたってきかないことはわかっていたから」

敏夫は、父に確かめた。

「医者には、たぶん何度も止めるように指示されていたんでしょ？」

「いいや。言われたことはないぞ。煙草を喫うのかって、呆れたように言われたことはあるけどな」

「いま、煙草を喫うと、医者には犯罪者みたいに思われるからね」

「お前は喫わないんだったか」

「止めてもう、十年以上になる」

「止めれるものなら、止めたほうがいいことは、わかってるんだ。だけど、おれはもう、ほかに楽しみもない」

「お父さん」と、妹がとがめるように言った。「毎日のウィスキーに、あたしの作るご飯。日本映画の専門チャンネル。たくさん楽しみがあるじゃない」

いくらかは、いかにも台詞をしゃべったような調子だった。

「ああ、そうだな」

「まったく」

やりとりが、滑らかになってきた。一度も家庭不和など経験したことがなかったような親子三人の会話。かつては映画やテレビドラマにこんな場面が出てくると、敏夫は激しい嫌悪さえ催したものだった。そんなものは欺瞞であり、安手の作り物、文字通り絵に描いた幸福だと。でもいまは、この欺瞞、この芝居臭ささえ、受け入れてもいいかという気持ちになっている。とくに妹の役割は絶妙だ。

敏夫の頬も少しゆるんだところに、女性看護師が入ってきた。

「中島さん、お食事ですよ」

敏夫がスツールから立つと、妹は言った。

「兄さんも休んできて。近くに、やっているファミレスがある」

きょうはまだ昼食も取っていない。妹の言うとおり、食べに行ったほうがいいかもしれない。

「お前は?」

「お弁当を持ってきたの。休憩室で食べる」

「きょうも付き添うのか?」

「八時までは。兄さんは、泊まりはどこ？」

「市内だ。チェックインはしていない」

「じゃあ、ここでいったん市内に帰ってもいいんじゃない。明日、また来れるでしょう？」

「父さんの食事が終わるまではここにいる。もう少し話もしていきたいし」

敏夫は休憩室で、父の食事が終わるのを待つことにした。

休憩室の自動販売機でコーヒーを買い、時間をつぶした。

父は意外に元気そうだ、とあらためて敏夫は思った。一週間持たない、という医者の診断には、誇張があるのではないかと思えた。余命については、医師は実際の見立てよりも短めに患者や家族に告げると聞いたことがある。告げた時間よりも長く生きれば、医師の治療のおかげだと感謝してもらえるだろうから。

二十分ほどして、妹が敏夫を呼びにやってきた。

「兄さんが来てくれて、父さんうれしそう。何度も、帰ったんじゃないよなって確かめるの」

「交替しよう」

敏夫はコーヒーの紙コップを捨てると、病室に向った。

「おお」と、父は敏夫を見てうなずいた。

帰ってしまったのではないかと、ほんとうに心配していたのだろう。

敏夫は父親を見つめた。彼は気づいているだろうか。自分はもう退院することはないのだと。息子が東京から駆けつけたのは、親の死に目に会うためであると。

見つめていると、父親は敏夫から視線をそらし、ベッドの足元のほうに目を向けて言った。

敏夫は父親の次の言葉を待った。父が話そうとしている話題はわかるが、弁解とはどのことだろう。

「うん」

「ん?」と、敏夫は父親のそばに寄った。「弁解?」

「お前に、弁解したいことがある」


父は、毛布の上で右手を動かした。無意識にか、煙草を口に運ぼうとしたように見えた。喫いたくなったが、煙草は指に挟まれていないとすぐに気づいたかのようだった。

敏夫が黙ったまま父の言葉を待っていると、とうとう父親は、言葉を短く切りながら言った。

「お母さんと、離婚、しなかった、理由だ。お前の言ってることは、正論だった。だけど、じっさいのところ、できなかったんだ」

父は商業高校卒業の団体職員で、いかにも簿記が専門という雰囲気のサラリーマンだった。母親のほうは、結婚前は札幌市内の菓子店に勤めていて、かなり社交好きの女性だったという。父よりも三歳年下だ。ふたりは父の上司の夫人の勧めで、見合い結婚したのだ。父が三十歳のときに自分が生まれ、それから二年後には妹が生まれた。

敏夫は、自分が十二、三歳のころには、両親の仲は冷えきっていると感じていた。父は母親の性格がずぼらで、社会性に欠けるとみなし、一緒にいい家庭を作るということなどとうに諦めていた。給料の範囲内で家計をやりくりしてくれるならそれで十分と考えていたのだ。母は母で、父親は薄給すぎて、カネで苦労しっぱなしだと子供たちの前でも愚痴っていた。その不満からか、敏夫が中学校に入ったころには、怪しげな新興宗教に関わるようになっていた。その団体の会合に出て、父よりも遅く帰宅することがしばしばだった。

あのころ敏夫は、母親が社会人としては壊れているとも理解していた。子供との些細な約束が守れなかったし、父親に対しても家計や買い物のことでは平気で嘘をついた。近所の商店にはつけで買い物をしては頻繁に支払いを督促されていたし、友人たちとのカネの貸し借りがやたらに多いように見えた。母親がつきあっている主婦たちやその回りの男たちも、みな一様にどこか社会から逸脱している印象があった。

中学に進学してからは、授業が終わっても、敏夫は図書室に閉館までいるのがふつうだった。早めに家に帰ると、茶の間には母を中心に、よく四、五人の男女が集まっては、誰かその場にいない者の悪口を言い合っていたからだ。カネの話題も多かった。儲け話、ここだけのうまい話、誰かが儲け話で失敗した話、夜逃げした知り合いの話……。

中学生の敏夫にとっては、どれもおぞましいとしか言いようのない、世間の裏の暗い話がもっぱらだった。

遅めに帰っても家にそういう連中が集まっていると、敏夫は通学鞄だけ置いて、外で時間をつぶすのだった。小遣いは乏しかったし、家を出たところで公園か駅の近辺以外には行くところもない。冬のあいだは最悪だ。家を出たくても、奥の部屋で耳をふさぐようにして少年向けの古い週刊誌を眺め、客たちの帰るのを待つだけだった。

妹は週に一日は音楽教室に通い、もう一日は体操教室に通っていた。仲のいい友人が近所に住んでいたので、夕食まで家に帰ってこないことがふつうだった。たぶん妹も、どれだけ自覚的であったかはともかく、帰宅を避けていたのだ。

敏夫が高校二年のときに、最初の母の借金の発覚があった。宗教団体のつきあいがそもそもの発端らしかったけれど、詳しいことは母は子供たちに教えてくれていない。自宅に取り立てが来るようになり、やがて父の勤務先にも押しかけてきて、父は母親が作っていた債務の存在を知った。父は勤め先からカネを借り、その時点で母が明かした借金を返済した。しかし、後になってわかるのだけど、母は借金の一部を隠していたし、宗教団体のつきあいを軸にしたその生活を改めることもなかった。当時の父は、帰宅した後眠るまで、新聞も読まず、もちろんテレビさえ見ることもなく、寝室でひとり壁を見つめ、黙って焼酎を飲んでいることが多くなっていた。

妹も当然、敏夫よりも身近に母の不始末は目の当たりにしていただろうから、敏夫の知らないところで何度も母と話をしていたろう。しかし十四、五という歳であれば、母をなじることはできなかったはずだ。事情はこうだと言われれば、それを受け入れるしかなかったのではないか。あるいは妹は、敏夫のいないところで父と母とのあいだに入り、母を取りなし、父をなんとか支えようとしていたのかもしれない。敏夫自身は、新しくできた友人の家に逃げて時間をつぶしては、深夜近くに家に戻って眠るという生活になっていた。家にいることが、耐えがたかった。

敏夫が最初に父に離婚すべきではないのかと尋ねたのはそのころだ。

「お母さんだけが悪いわけじゃない」と、父は苦しげに答えた。「苦労させてるんだ。お前は、母さんを責めるな」

父のその言葉には同意できなかった。これでは終わらない、いずれもっとひどいことになると、敏夫はぼんやり予測していた。このままでは母は、借金を作るだけではない。何か破廉恥罪にでも関わるのではないか。そうなれば、父は仕事も失う。

借金を整理したあとも母の行状は相変わらずで、父はそれを本気で止めるつもりもない。ならば自分が家を出るしかなかった。でも東京の私立大学に進学するのは不可能だとわかっていた。敏夫は父には相談せずに、東京に本社のある設備資材会社の札幌支社で営業マンとなった。寮に入れるということが、そこに就職を決めた理由のひとつだ。敏夫は高校卒業と同時に家を出た。

妹は高校の成績がよかった。東京の有名私立大学にも合格できそうだった。父は妹の進学を許し、妹は志望する東京の大学の教育学部に進んだ。父はこのとき、あらためて勤め先からカネを借りて、入学金やアパートを借りる費用を工面した。

妹が大学を卒業するまでのあいだは、母の借金癖はあまり目立たなかった。祖父が亡くなって、生家の敷地に父は小さな自宅を建てることもできた。妹は卒業後は東京の大手予備校チェーンの本部に就職して、管理部門で働くようになった。

母親が完全に壊れてしまったのは、妹が大学を卒業した後からかもしれない。子供への仕送りもなくなると、もうあとは父の給料を自由に使うことができた。母親は社会人としてのピンを外したように、あらためて新しい新興宗教にのめりこみ、いかがわしい男女とつきあうようになった。父の知らないところで、再び借金が膨らんでいった。

妹の結婚が決まったころは、こんどこそ家庭は破綻の寸前だった。すでに父は退職金の前借りまでしていて、妹の結婚費用を用意するのも厳しい状況だった。父は何度か電話で敏夫に、なんとかならないかと哀願してきた。敏夫は一度だけ共済組合を通じて融資を受け、母の債務の完済にはほど遠い金額のカネを持って父と会った。

「離婚すべきだ」と敏夫は父に迫った。「このままでは、お父さんだけじゃなく、ぼくも由美子も、破綻する」

父は、ため息をつくだけだった。無理だという意味だ。こんども父は、母を咎めず、離婚もせず、母の尻拭いをして夫婦を続けることを選んだのだった。

妹が結婚したあとは、母は妹にカネを無心するようになった。こんどは妹が、亭主に対して、実の母と同じように嘘をつき、こっそりカネを使うようになってしまったのだ。下の子供が小学校に入学したとき、妹は亭主から離婚を切り出された。そのときまでに妹が母に回したカネの額は知らないが、慰謝料ももらえない離婚となったのだ。相殺されるだけの額だったのだろう。妹は子供ふたりを抱えて働くようになった。

ときどき援助を頼んでくる父親には、突き放すように何度も宣言していた。

「もうこんな電話をかけてこないでくれ。縁を切ってくれていい。何度も父さんに忠告したのに、父さんは聞かなかったのだから」

自分が四十前後の時期だ。

父の弁解の言葉は、中途で途切れたままだ。

先を促すことなく父の横顔を見つめていると、また父は口を開いた。

「由美子は?」

「休憩室に行ってる。何か?」

「いや」と言ってから父は続けた。「由美子の結婚までは、離婚できなかった。いい家庭の娘として、送り出してやりたかったんだ。両親揃った状態でだ」

その言葉を吟味してから、敏夫は言った。

「由美子は、うちがどうであれ、いい相手を見つけていい結婚をしたよ。取り繕う必要はなかった」

父は、敏夫の言葉には反応せずに言った。

「披露宴も開いて、その場にいたかった。そのために、離婚はこらえたんだ。お前の言うことが、わからなかったわけじゃない」

「父さんがそこまで望んでいた由美子の結婚を、母さんはぶち壊したんだ。母さんは、娘にまで嫉妬していた。あいつが幸せな結婚生活を送ることが我慢ならなかった。だから、壊すつもりでさらにでたらめをやりだした」

「それは、悪く言い過ぎだ」

「そういうひとだったよ。父さんもわかっていたはずだ」

「かわいそうな女なんだ。身内からも完全に見捨てられてた。孤独で、離婚したら、どこにも行きようがない」

「お父さんの人生を食いつぶしたんだ」

「誰かが、味方になってやらなきゃならなかった」

「娘を犠牲にすることはなかった」

父はもう言葉を継がない。

敏夫は畳みかけた。

「由美子の結婚をそれだけ大事に思っていたなら、結婚の前にかたをつけておくべきだった」

廊下から、足音が聞こえてきた。看護師がやってくるのか、それとも妹が戻ってきたか。

敏夫はスツールを少しベッドから離し、腰掛け直した。

看護師だった。細々とした医療器具を載せたワゴンを押している。敏夫は病室を出ることにした。

ナースステーションの脇の休憩室に、妹がいた。丸テーブルの上に、お茶のペットボトルと携帯電話が置かれている。

近づいていくと、由美子が敏夫を見上げて言った。

「子供たちに、電話したの。もしものことがあったら、来るようにって」

上の女の子は、いまは結婚して帯広に住んでいるのだったろうか。車でやって来れる。下の男の子は、たしか横浜だ。来るのは難しいかもしれない。どちらも家庭を持っている。

「どうだった?」と由美子が訊いた。

「きちんと話ができた。頭もしっかりしてる。安心したよ」

「抗生物質が効いているって、先生が言ってた」それから口調を変えた。「兄さん、きょうはもういいよ。明日また来てくれる?」

「そのつもりで来ている。ホテルは三泊予約している」由美子を安心させてやるつもりで言った。

「ずいぶん安い値段だ」

「それにしたって」

由美子が立ち上がった。

「お父さんを見てくる。もう少しだけいて」

敏夫は、椅子に腰を下ろした。

父の言葉を反芻した。

由美子の結婚までは、離婚できなかった。いい家庭の娘として、送り出してやりたかったんだ。両親揃った状態でだ。

父のその配慮は、無意味に終わったのだ。せめて由美子の結婚のあとに、すぐに離婚していれば、父はあれ以上苦しむことなく、由美子もそのまま円満な家庭を築いていたことだろう。なのに父は、念願の娘の結婚披露宴に出た後は、いっそう母に振り回され、借金の後始末に追われ、連日取り立て人を相手にして、まともな生活すら奪われたのだ。何度も敏夫に電話してきて、助けてくれと懇願するほどに。しかし敏夫は、突っぱね続けた。解決の道があるのに決断できぬ父は、捨てるしかなかった。敏夫にも自分の社会人としての生活があった。

ほどなくして休憩室に妹が戻ってきた。

「お父さん、眠ってしまった」と妹は言った。「見た目よりも、やっぱり弱ってるんだね」

敏夫は立ち上がった。

「たいした長話もしなかったんだけど」

「兄さんが来てくれて、少しテンションが上ったのかもしれない」

「そろそろ行く」敏夫は自分のキャリーバッグを手元に引き寄せて言った。「お前も、帰ったらきちんと休めよ」

「うん。近いし、大丈夫」

まだ何か声をかけてやりたかったが、出てこなかった。無理に言葉を探しても、ぎこちなくなるだろう。

「じゃあ、明日また、午後でいいのかな」

「うん、来るときに電話して」

妹はフロアの出口まで送ってくれた。敏夫は妹を見つめ、うなずいて外に出た。


その翌日、午前十一時過ぎだ。妹から電話があった。

「容態が変ったの。兄さん、いまから来られる?」

ホテルの喫茶店で地元の新聞を読んでいるところだった。

「どうなった?」

「今朝がたから呼吸ができなくなって、いま人工呼吸器をつけている。意識はなくなった」

一夜で、抗生物質も効かないほどに進行してしまったのか。人工呼吸器というのは、あのマスク型のものということだろう。それはつまり自力での呼吸ができなくなったということではないのか。おそらく最終段階だ。

「行く」

通話を切ってから、日を数えた。入院したと妹から電話をもらって、きょうはまだ四日目だ。どうやら医師の予測通りに、父は息を引き取るのだろう。

ホテルからタクシーに乗って、病院名を告げた。窓の外を通り過ぎていくのは、乾いて埃っぽい、殺風景な街並みだった。

昨日と同じ幹線道を病院に向っているあいだに、涙が出てきた。何のための涙かはわからない。

いよいよ人生を終える父への憐憫か。それとも、薄情過ぎた自分自身への哀れみだろうか。

運転手が声をかけてきた。

「お客さん、大丈夫ですか?」

泣いているのがわかったのだろう。

「ああ」と、なんとか敏夫は声を出して応えた。「親爺が危篤なんだ」

「あ、失礼しました」運転手はかすかに狼狽を見せた。「急ぎますか?」

「いや、べつにいい」

「死に目に会えるかどうかってところなんじゃないですか?」

「もう意識もないんですよ。昨日のうちに、話もしてるし。ほんとうに、ふつうに行ってください」

赤の他人にそう話したことで、ふっと気分が軽くなった。敏夫はハンカチを取り出し、目をぬぐった。


父の死亡が医師によって告げられたのは、その夜の午前一時過ぎだった。容態が急変してからは、もう何も打つ手はなかったのだという。その瞬間を、待つだけだった。

敏夫は父の遺体をあいだに、妹とその夜が明けるのを待った。朝になってから、病院のほうでいくつか必要な手続きや手配をしてくれるとのことだった。細かなところはすでに、妹が看護師や病院の職員と決めていたようだ。敏夫自身は、ほとんど何もすることがなかった。

朝になって、午前八時を過ぎたあたりで、父の遺体は病室から移された。二階にある、簡素な病室だ。とくに霊安室という表示はなかったけれど、そのように使われている部屋なのだろう。遮光カーテンを開けた窓からの散光が、その空間を満たしていた。

妹とふたりで、人工呼吸器も取り外された父親を見つめていると、携帯電話が震えた。恵美からだった。父の容態が変ったことは、昨夜メールしていた。

一瞬ためらってから、敏夫は妹の前で通話に出た。

「どう」と恵美が訊いた。「お父さんは?」　妹がちらりと敏夫を見た。

敏夫は答えた。

「夕べ遅くに」

「ああ」と、恵美は吐息を漏らした。「診断通りだったのね」

「三日、いや二日早い」

「苦しんだの?」

「意識はなかったから、苦しんではいなかったと思う」

「由美子さんは?」

「ここにいる。病室。というか、霊安室だ」

「慰めてあげて。ずっと看病してきたんでしょう」

「うん」

「わたしに、何かできることがあれば」

ふいに思いついた。

「その、こういう時期で、北海道に来るのはいやかもしれないけど」

「ああ」すぐに恵美は察した。「行くわ」

「大丈夫かい？」

「じつを言えば、そのつもりがあった。敏夫さんが、出ろと言うかどうかはわからなかったけど。由美子さんのお手伝いもしたいし」

霊安室のドアがノックされ、病院の職員が姿を見せた。白っぽい作業着を着た、中年男性だ。

敏夫は、いったん切る、と恵美に伝えて、携帯電話をポケットに戻した。

妹が、目で訊いてくる。相手が恵美であることはもうわかったようだ。

敏夫はうなずいた。

「来る。葬式に出るそうだ」

それからつけ加えた。

「お前を紹介する」

妹は、一瞬真顔で敏夫を見つめ、それからふいに父親のほうに顔を向けた。敏夫の目から、自分の表情を隠したように見えた。敏夫も、身体を横に向けた。

敏夫は窓に目をやって、決めた。いま、決まった。自分は恵美と正式に結婚する。妹は、それを祝福してくれるだろう、たぶん。

妹にそれを話すのは、父の葬儀が終わったあとになるだろうが。

あとがき

この短篇集は、二〇一三（平成二五）年から二〇二〇（令和二）年にかけて書いた短篇、掌篇をまとめたものである。「文藝」（河出書房新社）に連作として掲載されたものが中心であるが、当初は雑誌発表を予定せずに自作朗読会のために書いた作品も四篇ある。

「降るがいい」「迷い街」は、二〇一三年の札幌のレッドベリー・スタジオでの朗読会でまず「読む」ために書き、その後「オール讀物」（文藝春秋）に掲載となった。「不在の百合」「隠したこと」は、やはりレッドベリー・スタジオでの二〇一八年の朗読会で発表し、後に「文藝」に掲載となった。

この四篇の題材や文体、長さが、収録作品の中では少し異なった印象を与えるとしたら、朗読という最初の発表形式が持つ自由さや、逆にその制約のせいである。

欧米での直接の体験に影響されたことであるが、朗読という発表形式、その場としての朗読会を、わたしはある時期から意識的に追求するようになった。物語ることは本来ライブ性の高い表現形式であったはずであり、また朗読会のかたちによっては、音楽や映像などほかのジャンルの表現者との協同作業が必要となる。そのことが作品世界を作家の想像以上に豊かなものにしてくれることも魅力であるし、協同作業が持つ刺激も無視できるものではない。というわけで、本書中には朗読会で最初に発表された作品も収録されている次第である。

季刊誌である「文藝」に連作として書いた作品は、九作ある。発表した時期で言えば、二〇一八年八月から二〇二〇年一月にかけてで、これらはわたしのごくごく身近にいるひとびとの日常と、彼なり彼女たちが持つ関係を題材としている。同時代の東京の生活者たちの日々の素描である、とも言えるだろうか。

「三月の雪」「終わる日々」は、二〇二〇年の新型コロナ・ウイルス禍の最中にいわば書き下ろしのかたちで書いた短篇である。どちらも、この前例のない、ほとんど都市封鎖前的な状況を生きる思いを書き留めようと、ある種の切迫感に駆られるようにキーを打ったものだ。書き終えてみれば、いつ書いたか、いつについて書いたか、それを強く意識した作品ともなっていた。

佐々木譲

佐々木譲（ささき・じょう）
一九五〇年北海道生れ。七九年「鉄騎兵、跳んだ」でオール讀物新人賞を受賞。九〇年『エトロフ発緊急電』で山本周五郎賞、日本推理作家協会賞、日本冒険小説協会大賞、二〇〇二年『武揚伝』で新田次郎文学賞、二〇一〇年『廃墟に乞う』で直木賞、一六年に日本ミステリー文学大賞を受賞。著書に『ベルリン飛行指令』『警官の血』『沈黙法廷』『抵抗都市』『図書館の子』など多数。

◎初出一覧
降るがいい……「オール讀物」二〇一五年八月号
迷い街……「オール讀物」二〇一五年七月号
不在の百合……「文藝」二〇一八年秋号　＊「関係――黒」より改題
隠したこと……「文藝」二〇一八年秋号　＊「関係――白」より改題
反　復……「文藝」二〇一八年冬号
リコレクション……「文藝」二〇一九年春号
時差もなく……「文藝」二〇一九年夏号
ショッピングモールで……「文藝」二〇一九年秋号　＊「ショッピングモールから始まる」より改題
遺　影……「文藝」二〇一九年冬号
分別上手……「文藝」二〇二〇年春号
褒章と罰……「文藝」二〇二〇年夏号
三月の雪……書き下ろし
終わる日々……書き下ろし

降るがいい

二〇二〇年八月二〇日　初版印刷
二〇二〇年八月三〇日　初版発行

著　者　佐々木譲
発行者　小野寺優
発行所　株式会社河出書房新社
〒一五一―〇〇五一
東京都渋谷区千駄ヶ谷二―三二―二
電話　〇三―三四〇四―一二〇一（営業）
〇三―三四〇四―八六一一（編集）
http://www.kawade.co.jp/

組　版　KAWADE DTP WORKS
印　刷　株式会社暁印刷
製　本　大口製本印刷株式会社

Printed in Japan　ISBN978-4-309-02911-5